ULCÕES TRANQUILOS,
ME AGUARDEM

VULCÕES T
M

NQUILOS, GUARDEM

IVAN JAF

MELHORAMENTOS

SUMÁRIO

1. **O VACILO** | 8
2. **O PREÇO DAS NECESSIDADES** | 18
3. **CASTIGOS NO MUNDO ATÔMICO** | 28
4. **PRAZO E PORCENTAGEM** | 40
5. **BEM-VINDO AO LEITO 23** | 50
6. **PRETO E BRANCO** | 60
7. **COM PERNA ATÉ SEXTA** | 70
8. **POPEYE E OLÍVIA PALITO** | 80
9. **O GIRASSOL DE VAN GOGH** | 90
10. **NEM TUDO É ORÉGANO** | 96
11. **TÁTICAS DE GUERRA VEGETARIANAS** | 108
12. **PANQUECA DE CARNE NO POLO NORTE** | 116
13. **IR MAIS ALÉM** | 128

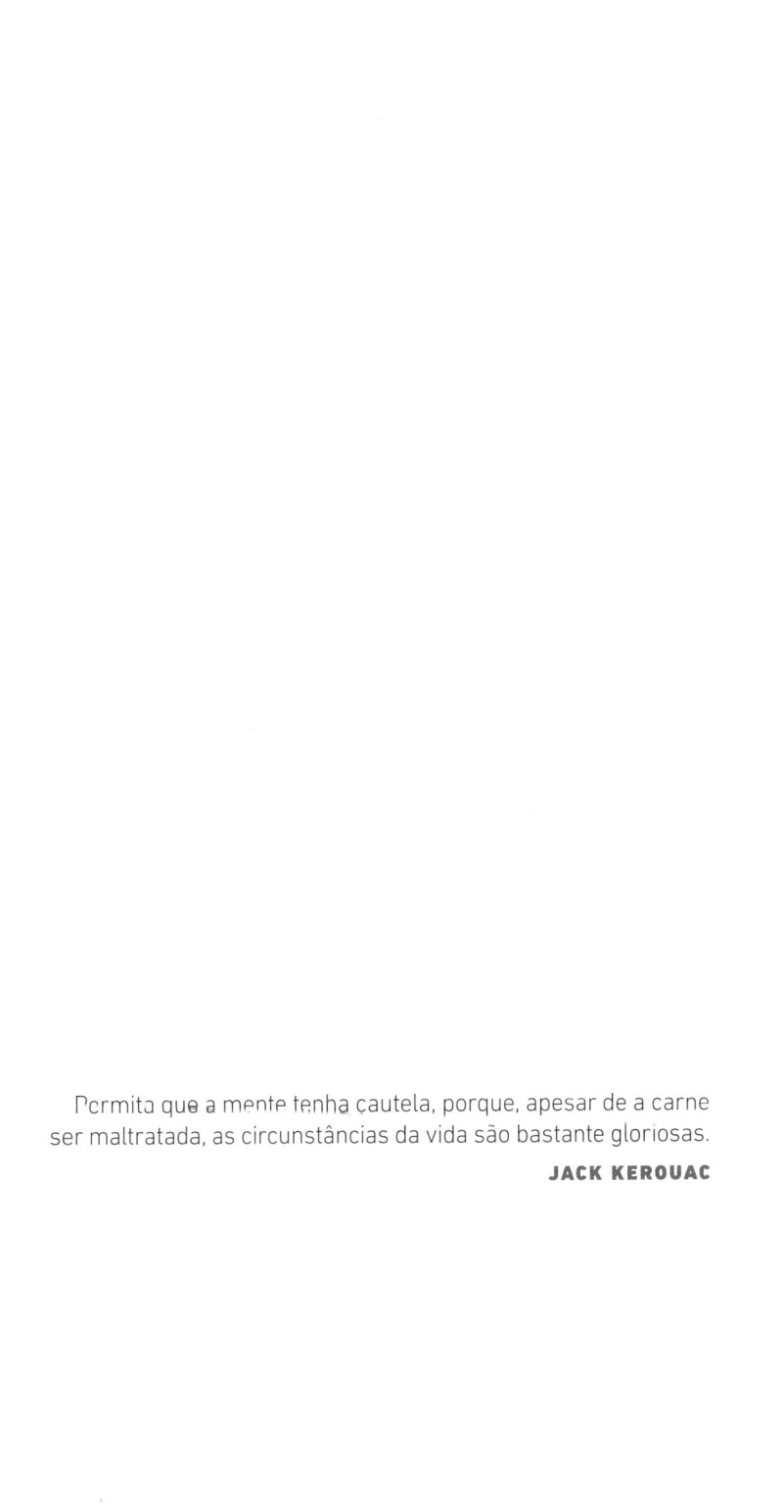

Permita que a mente tenha cautela, porque, apesar de a carne ser maltratada, as circunstâncias da vida são bastante gloriosas.

JACK KEROUAC

1
O VACILO

MARCOS PODIA TER ESPERADO A CHUVA PASSAR, mas subiu na moto e deu a partida. Ele se garantia, nada de mau podia acontecer com ele, não havia perigo, já tinha feito aquilo antes, tomar umas cervejas com a galera no apartamento do Beto, fumar um baseado, ouvir um som, falar bobagem, dar uns beijos na Renata, pegar a moto emprestada, deixar a Renata em casa, voltar. Naquela noite havia um jogo de futebol do Brasil na TV, ele tinha combinado assistir com a irmã e o cunhado, ia rolar uma pizza. Marcos morava com eles, num quarto independente, nos fundos de uma casa de vila no bairro da Tijuca, no Rio de Janeiro. Beto havia liberado a moto, só precisava devolver na manhã seguinte. Marcos deixou Renata na portaria do prédio dela. Ela perguntou se ele estava legal pra dirigir, tinha rolado uma vodca no final e mais um baseado, e a chuva aumentando. Marcos sorriu, colocou o capacete como um destemido herói intergaláctico pronto para desafiar os perigos do Universo e partiu acelerando, rápido e indestrutível. Ele estava atrasado para o jogo. Numa ladeira de mão dupla, em uma curva para a direita, ultrapassou uma picape enorme. O motorista nem viu Marcos, foi abrindo para a esquerda, empurrando-o para a pista contrária. Do outro lado descia um ônibus a toda. Marcos podia ter freado, ficado atrás, mas acelerou, é claro que dava para ultrapassar, havia tempo e espaço suficientes, ele se garantia, era um piloto incrível. O jogo do Brasil já tinha começado. Reflexos rápidos, sentido de alerta aguçado, coordenação motora perfeita, um pouco mais de torção no punho direito, aumento rápido de aceleração, uma leve inclinação do corpo à esquerda, ultrapassar, inclinação à direita, desviar do ônibus e voltar à pista, e lá se ia o corajoso cavaleiro das galáxias pronto para mais uma aventura. Movimentos simples. Acelerou. Jogou o corpo para o lado esq... Então o ônibus avançou rápido demais, dois olhos de monstro brilhando na imensa cara de aço, zangado e feroz, num tempo e espaço diferentes, e Marcos se atrapalhou, teve medo de passar entre a picape e o ônibus, teve medo de derrapar na pista molhada, cair e mergulhar embaixo das rodas do monstro. Os reflexos falharam. Ele acelerou e freou ao mesmo tempo, jogou o corpo para o lado oposto, um movimento errado no tempo errado, bateu com a canela direita violentamente no para-choque traseiro da picape, uma barra de aço dura, bateu a uns 60 quilômetros por hora e ouviu um barulho oco, como uma martelada em um cano.

Não caiu. O ônibus passou tirando um fino à esquerda. O motorista da picape seguiu em frente. Marcos quis parar, deixar o susto passar, seu braço esquerdo tremia, com espasmos estranhos, tentou calcar o pedal do freio traseiro com o pé direito, o pé não se mexeu. Natural, a pancada tinha deixado a perna dormente, podia frear com o manete direito, mas faltava muito pouco para chegar em casa. O jogo do Brasil.

Então continuou dirigindo. A chuva não parava. Avançou sinais. Em um cruzamento foi obrigado a parar. O braço esquerdo continuava tremendo, o coração batia acelerado demais, não sentia a perna direita. Achou melhor subir na calçada, descer da moto e dar um tempo, se acalmar, avaliar o estrago. Com a perna esquerda armou o descanso, mas perdeu o equilíbrio, a moto inclinou para o lado oposto. Tentou segurá-la com o pé direito, então o pé escorregou da pedaleira e por segundos Marcos o viu solto, independente do corpo, mole como um pé de meia molhado num varal, e tombou com moto e tudo sobre a perna, acabando de partir a canela, a ponta do osso atravessou a pele.

Não conseguia sair de debaixo da moto. Havia uma cabine de segurança perto. Um homem veio de lá, levantou a moto e, quando viu o estado de Marcos, foi correndo pegar o carro. Uma senhora de guarda-chuva parou, olhou, não pôde fazer nada e começou a gritar por socorro. O segurança voltou, prendeu a moto com a corrente em um poste, colocou Marcos no banco de trás do carro e partiu às pressas para o pronto-socorro.

Os funcionários do hospital estavam em greve. Os dois foram entrando, passando pelos corredores vazios. Os poucos médicos e enfermeiros de plantão viam TV no refeitório. O jogo do Brasil. Marcos pulava numa perna só, com o braço esquerdo sobre os ombros do segurança, até encontrarem uma maca encostada na parede, com uma porção de toalhas, vidros de remédios e plásticos de soro em cima. Um enfermeiro gritou:

– Não pode usar. Tamos em greve!

– Ele precisa deitar! – explicou o segurança.

– Tamos parados! Não tá vendo?

Então o segurança passou o braço esquerdo por cima da maca, derrubou todas as coisas no chão, colocou Marcos sobre ela, sacou o trinta e oito e apontou para o peito do sujeito:

– Vamos trabalhar, sangue bom.

Palavras mágicas. O enfermeiro correu com a maca e entrou no refeitório gritando:

– Emergência! Emergência!

Só havia uma chapa de raios X. Bateram. Revelaram.

– Quebrou feio – concluiu o ortopedista. – Tíbia e fíbula. Fratura exposta. Vai ter que operar. Urgente.

Alguém disse para esperar um pouco, o primeiro tempo estava acabando. Marcos se sentia muito zonzo, a adrenalina havia ampliado e embaralhado os efeitos da bebida e do baseado. O lado bom é que isso tinha anestesiado um pouco a dor, e ele havia conseguido chegar até ali, mas agora mergulhava numa confusão mental, a maca cortando os corredores, via uma sequência de tetos e luminárias, ouvia vozes, um quarto muito gelado. Pequenas ausências de consciência faziam o tempo dar saltos. Já o haviam colocado na mesa de cirurgia, acendido as luzes, chamado o anestesista. Ele não podia deixar! Seu fiapo de consciência gritava para não se deixar operar ali, naquelas condições. Cadê o segurança? Rasgaram sua calça de alto a baixo com uma tesoura enorme, ouviu o cirurgião explicar:

– Como não temos como tirar mais radiografias, o jeito é abrir e ver como está. Então eu decido o que fazer e...

Um enfermeiro apertando seus ombros contra o metal frio, outro segurando a perna esquerda, cercado de mascarados de branco. Cadê o segurança com o trinta e oito?

– Para! Não! Para!

Voz de mulher. A irmã! Alguém disse que havia uma mulher esmurrando a porta e um segurança armado. O cirurgião se afastou. Mandaram o anestesista parar os procedimentos, a irmã da vítima ia levar o acidentado para uma clínica particular, já estava assinando o termo de responsabilidade. Alguém se lembrou de voltar ao refeitório e terminar de ver o jogo, e todos saíram às pressas, só o anestesista ficou, com pena. Explicou que um enfermeiro viria para colocar uma tala de gesso na perna, para que ele pudesse ser transportado, mas que aquilo devia estar doendo muito e, já que estava pronta, aplicou uma dose de morfina sintética.

A agulha era pequena, foi menos que uma picada de mosquito no braço, mas no mesmo instante a dor passou, e Marcos começou a achar tudo muito bonito, aquelas luzes redondas flutuando sobre ele, os azulejos brancos, o casco reluzente da baratinha que saía de dentro do aparelho de raios X, o fio solto brotando da parede, a mancha de tinta de caneta no bolso do anestesista, seus dentes tortos. Onde estaria o aparelho que Marcos usou na infância? Os dedos crispados no lençol branco pareciam duas aranhas, e a perna, achou incrível aquela ponta de osso saindo, furando a pele, a carne rasgada, atravessando o hematoma, o pé solto, virado para o lado. A vida era tão interessante, misteriosa. Os livros de biologia, as imagens no Google, pensou no pai e em como um homem é capaz de usar bigode durante toda a vida, o anestesista também tinha bigode, e o bigode dele mexia as pontas como se estivesse vivo. Marcos começou a rir.

– Essa é da boa – disse o enfermeiro, chegando com a gaze e o gesso.

Primeiro entornou um líquido amarelo sobre a perna, a ferida ardeu maravilhosamente, depois colocou o pé mais ou menos na posição normal, virado para cima, então a pontinha do osso entrou novamente para dentro da carne, como um bichinho voltando para a toca, e Marcos tentou ajudar, mas aquele pé não era mais dele – como eram bem-feitas as articulações! A importância dos ossos para dar unidade ao corpo, sem ossos não havia estrutura, nem controle, eram os ossos que formavam a identidade, devia ser difícil a vida dos invertebrados, a evolução era no sentido de ter ossos, e os bichos mais simples não tinham. Como uma lesma ou uma minhoca podiam ter identidade? E as plantas? As árvores têm identidade. Galhos, raízes e troncos são ossos. Sangue é seiva. Elas não têm é carne. Alface não tem identidade. Enquanto isso o enfermeiro cobria a ferida com uma pomada branca como a neve e fazia uma tala de gesso, só por baixo, e envolvia tudo com gaze. Marcos admirava a destreza dele, a importância do polegar opositor, e como era bom ter mãos, e braços, claro, imaginando como seria uma fábrica de gaze, se ainda usavam bichos-da-seda para tecer fios, e então viu um grande bicho-da-seda descendo da lâmpada do teto, com a roupa do Homem-Aranha, balançando a cabeça, e o rosto era o do cunhado, meio preocupado. E aí Marcos apagou completamente.

Fios de luz paralelos entravam pela fresta da persiana quase fechada, zebrando a parede ao lado da cama e servindo de estrada para infinitas partículas de pó muito atarefadas. Aquilo dava uma bela foto. Havia um cobertor em cima dele, e seu corpo estava empapado de suor. Por alguns segundos lembrou de tudo como um sonho e chegou a fazer um movimento com a perna para se levantar. Gritou. A dor, como uma faca, o rasgou da sola do pé até a coxa.

A mancha de sangue já se alastrara por quase toda a gaze, a dor vinha em pulsações, irradiava do alto da cabeça até a ponta dos dedos, que apareciam lá do outro lado da tala. Tentou mexer o dedão e conseguiu, ainda havia músculos e tendões por ali, mas o esforço lhe custou a sensação de que seus nervos eram puxados para fora e que um arco de violino passava neles. Esticou o braço até uma garrafa de água que alguém colocara na mesa de cabeceira, na certa sua irmã, junto com um pacote de biscoitos e uma receita médica, e descobriu que os dois remédios também já estavam ali, um analgésico poderoso e um anti-inflamatório. Comeu os biscoitos, leu a receita, engoliu os remédios, tornou a fechar os olhos e mergulhar no maravilhoso mundo da inconsciência.

A única luz que estava acesa era a do banheiro, e ele viu a silhueta da irmã sentada na beira da cama.

– Acordou? Como tá?
– Mal. Como vim parar aqui?
– Trouxemos você de carro.
– Que horas são?
– Cinco da manhã. Tem um copo de leite aí na mesa, e um sanduíche de queijo. Come, mesmo sem vontade. Esses remédios em jejum fazem mal.
– Como você apareceu lá?
– Você deu meu telefone pro segurança.
– Não me lembro. E a moto?
– Avisamos o Beto e ele já foi lá pegar.
– Esse segurança é um anjo.
– É, sim. Anjo do asfalto. Ele me explicou a situação pelo celular, falou da greve, no caminho liguei pra um ortopedista conhecido, aquele que cuidou da minha luxação no ombro, e ele me disse pra não deixar operar no pronto-socorro, por causa dos riscos de infecção, ainda mais sem outras radiografias. Se não houve hemorragia, a cirurgia pode esperar uns dias,

é até melhor a perna desinchar, fazer repouso e os exames necessários. Agora coma um pouco e depois volte a dormir. Estamos aqui. Qualquer coisa, chame.

Ela beijou a testa do irmão e saiu com os olhos cheios d'água. Ele deu algumas dentadas e engoliu, mas o sanduíche tinha sabor de areia e desceu arranhando a garganta. Tomou meio copo de leite, tornou a fechar os olhos e partir.

O tempo passava diferente, dava saltos. Marcos tentava acompanhar os momentos conscientes, em meio às dores fortes demais, que só aliviavam com a imobilidade completa, a perna quieta na calha de gesso, sentindo o osso partido lá dentro e vendo o hematoma surgindo fora da tala, descendo para os dedos do pé, subindo pela coxa. Durante os pequenos fragmentos de consciência Marcos lutava contra ele, o tempo, achando que, por um esforço de vontade, poderia voltar atrás e desviar do para-choque, porque não era justo sofrer tanto por um segundo no passado, por uma decisão errada, por um vacilo tão...

Um vacilo.

Desde os primeiros momentos, os primeiros passos no inferno, essa palavra veio a Marcos. Vacilo. A certeza de que aquilo não teria acontecido se não tivesse bebido quatro latas de cerveja, dois copos de vodca e fumado dois baseados, dos grandes. Sóbrio, ele não teria ultrapassado a picape na curva, na chuva, com o ônibus vindo a toda na direção contrária. É claro que não. Nem adiantava se enganar com o papo da fatalidade. Não foi um acidente. Foi um erro.

O remorso piorava as dores, mas não dava para separá-los. E dali em diante não ia dar. Nunca. Mas foi só uma bobeada, um segundo, uma decisão errada. Não bastava se arrepender? Jurar que nunca mais? Não.

7

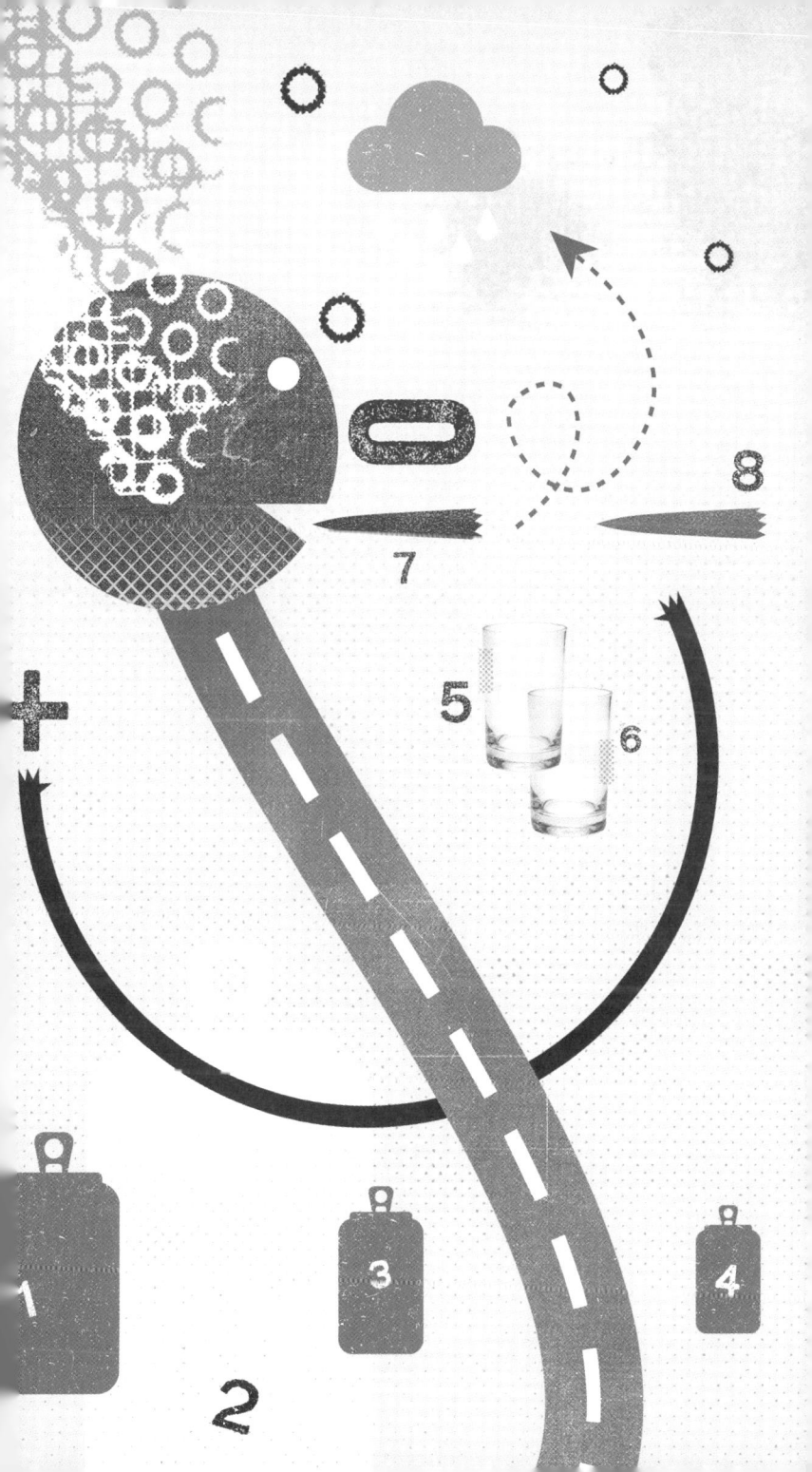

8

+

5 6

1

2

3 4

2
O PREÇO DAS NECESSIDADES

CLIC! CLIC! CLIC!

NO QUARTO, NA CAMA, todo o tempo do mundo para pensar na vida. Isso às vezes não é bom. Dezessete anos, no último ano do ensino médio, pai e mãe mortos em um acidente, morando com a irmã mais velha, o cunhado e um sobrinho de 7 anos. Cursava fotografia havia um ano, no ensino técnico, tinha uma namorada chamada Renata e alguns amigos. Nada grandioso ou espetacular. Literalmente sem pai nem mãe, mas querido e protegido pela irmã e pelo cunhado, dentro de um grande envelope familiar, amparado, com forças para ser enviado a qualquer lugar do futuro. Um cara normal, vivendo uma vida normal, cometendo seus pequenos descuidos e passando a mão na própria cabeça, autoindulgente, sim, afinal precisava superar a morte estúpida dos pais. Mas em uma coisa se sentia diferente, especial: sabia o que queria fazer da vida. Tinha um propósito muito definido: ser fotógrafo.

Isso não era pouco. De todos os seus amigos e conhecidos, ele era o único a ter uma paixão, um projeto e um motor próprio para colocar tudo isso em movimento. Um motivo para planejar e querer que o futuro acontecesse.

A paixão pela fotografia o havia assaltado uma tarde, voltando da escola, ao encontrar uma revista no lixo da entrada da vila. Marcos tinha 13 anos. Foi poucos meses antes de seus pais morrerem. Imagens em preto e branco, contrastes fortes, pessoas, natureza, animais, outras terras, culturas, o planeta visto por um indivíduo, uma visão particular, alguém dizendo a Marcos, por meio de fotos, que "a vida é inexplicável, mas é uma maravilha, um instante, um privilégio, eu estou muito feliz por estar vivo, vejam, vejam o mundo!". O fotógrafo se chamava Sebastião Salgado. Procurou saber tudo sobre ele. Não eram só as fotos, maravilhosas, a técnica, a sensibilidade; havia alguma coisa mais. Depois compreendeu. Os projetos. A obra.

Sebastião Salgado não mostrava apenas fotografias. Ele tinha projetos grandiosos e os realizava. Demoravam dez, quinze anos, mas ficavam *prontos*! Fotografar os grandes deslocamentos de gente, as migrações, os trabalhadores de todo o planeta, o garimpo de Serra Pelada, a fome no norte da África, os lugares mais inacessíveis da Terra, os povos completamente isolados. E os projetos viravam exposições e livros, *Trabalhadores*, *Êxodos*, *África*, *Gênesis*...

Não era só se apaixonar. Era transformar essa paixão em obras. Então a vida teria um sentido, sempre, em qualquer situação. Um rumo, para não deixar a pessoa perdida, como tantas, quase todas, que Marcos via ao redor. Nas piores situações, nos túneis mais escuros, quem tem uma missão tem uma lanterna e acredita na saída. Como é possível suportar a vida sem uma paixão e um propósito?

Marcos fez cursos, conseguiu comprar uma máquina digital, passava noites em claro estudando softwares, edição de imagem, sabia tudo sobre o Photoshop. Já se dizia fotógrafo. Faria faculdade de Comunicação. Ganharia dinheiro como fotojornalista. Correria o mundo. Iria a todos os cantos do planeta. Publicaria livros. Primeiro, sobre vulcões. Vulcões extintos. Era louco por vulcões extintos. Extintos não, tranquilos. Depois de uma vida violenta, uma juventude rebelde e explosiva, expelindo lava por milênios, um vulcão extinto é o maior símbolo de paz e tranquilidade que existe, o maior exemplo de conquista de equilíbrio emocional, estabilidade e compreensão, sabedoria e maturidade. E Marcos faria um levantamento fotográfico de todos os vulcões tranquilos do planeta, começando pelo Monte Brasil, na ilha Terceira, nos Açores!

A irmã levou a radiografia tirada no pronto-socorro para o tal ortopedista conhecido, ele confirmou que a operação podia esperar uns dias e indicou alguns cirurgiões do plano de saúde de Marcos.

– Será que precisa mesmo operar? Podia só engessar... – Marcos perguntou à irmã.

– A área de contato entre as duas partes da tíbia é de 30%, e é muito difícil formar calo ósseo com tão pouca superfície de contato. Foi o que ele disse.

– Difícil não é impossível.

– Tá. De qualquer forma, ele também disse que só quem pode decidir é o cirurgião.

Marcos e a irmã estudaram a lista e escolheram um tal de dr. Alaor Calçado. Acharam um bom nome para alguém que ia colocar o pé dele no lugar. Ela ligou marcando consulta para o dia seguinte.

Não foi nada fácil sair da cama. O cunhado teve de pegá-lo no colo, enquanto a irmã segurava a perna pela calha de gesso.

Marcos tentou manter a dignidade, mas na hora de passar pela porta da rua não deu, era estreita, teve de abraçar o pescoço e encaixar a cabeça no peito do cunhado, e acabou saindo de casa como uma noiva.

O dr. Calçado tinha uma clínica completa num bairro de classe média alta da zona sul, com aparelho de raios X, sala de fisioterapia e toda a parafernália ortopédica de última geração. Puseram Marcos em uma cadeira de rodas moderna, com uma extensão para deixar a perna esticada, e o levaram para tirar radiografias, de todos os ângulos. O dr. Calçado as avaliou na frente de Marcos e da irmã, em silêncio, coçando o pescoço e balançando a cabeça. Marcos ficou apavorado. Custou a entender que aquele era só um tique nervoso idiota.

– Fratura exposta. Tíbia e fíbula – sentenciou o médico, enquanto apontava para uma das radiografias. – Tipo galho verde, com fragmentação de osso e perda de substância. Uma fratura importante, mas restou ainda pouco mais de 1 centímetro de superfície de contato entre as duas pontas. Aqui. É. Acho que devemos tentar.

– Tentar o quê? – perguntou Marcos.

– Não operar. Penso que é sempre melhor não interferir cirurgicamente. Faremos uma redução da fratura, uma pequena tração, corrigindo o ângulo da tíbia, tentando aumentar ao máximo a área de contato, e depois imobilizaremos. Com o tempo, se formará um grande calo ósseo em toda essa região aqui.

– Certo.

– Agora... por causa da ponta da tíbia que se deslocou você ficará com uma diferença de uma perna para a outra de pouco mais de 1 centímetro. Não chegará a prejudicar o caminhar nem o todo de sua estrutura óssea. Nada que uma palmilha não resolva. Melhor que abrir e arriscar uma infecção óssea.

Sempre na cadeira de rodas, praticamente feliz por ter evitado uma cirurgia, Marcos foi levado a uma sala no fim do corredor. O médico havia dobrado a dose de analgésico para suportar as atividades daquela manhã, e a dor tinha ficado um pouco abaixo do insuportável. Um enfermeiro o colocou sentado em uma cama alta, com os joelhos na borda, e dobrou a perna direita dele lentamente para baixo, até ela ficar pendurada, e então começou a tirar a gaze. Desde a noite do acidente, Marcos não via a fratura. À medida que a gaze foi se desenrolando, com a expectativa de um arqueólogo de filme de terror desnudando uma múmia, foi vendo o hematoma aparecer, negro de tão roxo, já cobrindo toda a perna, e começou a sentir um vazio estranho no estômago e uma tontura que vinha em ondas de escuridão.

– Você teve sorte – disse o enfermeiro.

– Muita.

– Verdade. Se a pancada fosse um pouco mais pra cima, o joelho já era. Segura com as mãos na cama pra não cair.

E continuou a desenrolar a gaze e a quebrar pedaços de gesso à medida que apareciam, e quando Marcos viu a casca amarelada da ferida já cicatrizada, por onde a ponta de osso tinha saído, teve dificuldade de respirar. Um suor gelado começou a escorrer pela sua testa, o coração disparou e uma mancha preta cresceu ao redor da sua visão. Tudo aparecia dentro de dois círculos, toda a área em volta completamente preta, como nos filmes, quando querem dar a ideia de que alguém está usando binóculo, só que os círculos foram se fechando, como o diafragma de uma câmera fotográfica, e ele foi perdendo os sentidos.

– Não posso largar aqui pra te segurar, gente boa – o enfermeiro avisou. – Se cair, quebra a outra perna.

Ele já falava do escuro, Marcos não podia vê-lo, sentiu o corpo mole e caindo num precipício. Alguém lhe esfregou alguma coisa no nariz. Um cheiro ácido subiu-lhe à cabeça, a mancha preta sumiu, a realidade voltou, e ele viu uma enfermeira:

– A pressão caiu. Melhorou?

Ela segurava as costas de Marcos para o enfermeiro acabar de tirar a gaze e o gesso. Então Marcos viu a perna solta, pendurada, e uma coisa que seria muito difícil esquecer pelo resto da vida: livre da gaze e da tala de gesso, seu pé direito girou 180 graus e parou, virado para trás.

– Deixa eu cheirar esse troço de novo – pediu.

O próprio dr. Calçado fez a tração manual, esticando a parte inferior da perna, deixando o pé para cima como devia ser, enquanto o enfermeiro cobria toda a encrenca com camadas e camadas de gaze já misturada com gesso e ia umedecendo. Marcos saiu de lá com a perna direita engessada do meio da coxa até a base dos dedos do pé, incluindo a sola. No calcanhar colocaram um salto de borracha. Ele poderia pisar no chão, de leve. Dali a uns dias, recomendou o dr. Calçado, quando a dor passasse, Marcos deveria comprar uma muleta canadense, dessas de alumínio que vão até o cotovelo, e começar a exercitar a perna caminhando, pisando bem de leve, pelo menos 1 quilômetro por dia.

– O movimento estimula a circulação, e isso acelera a formação do calo ósseo – explicou o médico.

Não precisaria operar! Marcos nem quis saber a opinião de outros médicos. Aquele tinha dito o que ele queria ouvir.

Voltou para sua cama quase feliz. Numa tragédia, a felicidade se torna bem relativa. Felicidade agora era ficar quieto, deitado, bem quieto, porque só assim não sentiria dor alguma e poderia pensar em outra coisa. Qualquer movimento e a dor voltava, e respirar doía, pensar doía.

Nos sonhos ainda não se via de perna quebrada. Em um deles, estava jogando futebol, chutou a bola, teve um espasmo na perna e a dor foi tanta que acordou olhando para o teto completamente desesperado, num mundo onde todos os objetos eram feitos de dor, sem acreditar que seria capaz de aguentar até que ela diminuísse.

Queria ficar imóvel como os minerais, mas os animais têm necessidades.

A alimentação foi resolvida com facilidade. Seu quarto era ligado à casa da irmã por um corredor lateral, e por aquele cordão umbilical ela o alimentava com três refeições por dia.

Evacuar é que foi o grande problema. Levantar para ir ao banheiro era impossível. A dor mal o deixava mexer a cabeça. Apelou para o penico. Conseguia colocar metade do corpo para fora da cama, fazer o que devia ser feito e até se limpar, mas ainda restava levar o resultado à privada. O penico não podia ficar ali, exibindo aquele espetáculo deprimente, até aparecer uma alma caridosa que conduzisse o conteúdo ao seu destino. A solução foi contratar o sobrinho de 7 anos, que passava as manhãs à toa vendo TV, e pagar pela prestação de serviço. Cinco reais pelo líquido e dez pelo sólido. As altas doses de anti-inflamatório provocavam desarranjos que iam arruinando as economias de Marcos.

Uma tarde recebeu a visita do segurança. Agradeceu muito, chamou-o de anjo do asfalto, o homem ficou com os olhos cheios d'água. Marcos teve vontade de confessar a ele que tinha bebido e fumado maconha no dia do acidente. Só Renata e os amigos que estavam no apartamento do Beto sabiam, e pelo celular Marcos havia pedido que não contassem pra ninguém. Seu vacilo ia se tornar público. A vergonha ia piorar muito o remorso. Ter santificado o segurança quase o fez abrir o coração e desabafar... mas o sujeito se antecipou e ofereceu a Marcos dois consolos: uma explicação científica e outra espiritual. Contou que naquela rua de mão dupla aconteciam muitos acidentes, inclusive mortes, porque o próprio Departamento de Trânsito admitia tê-la construído com uma inclinação errada, invertida, e os veículos tendiam para a pista contrária. A explicação espiritual era consequência disso: muitos achavam que os fantasmas dos que morriam ali queriam companhia e provocavam outros acidentes, como o fantasma do estudante que morreu dentro de um carro amassado de encontro ao poste, ou o do empregado da oficina que caiu da moto e o ônibus passou por cima da cabeça, espirrando miolos até na outra calçada. Marcos perguntou ao segurança se ele acreditava mais no Departamento de Trânsito ou em fantasmas. E ele disse que em nenhum dos dois, só acreditava em Jesus Cristo, que chegaria um dia para salvar os bons.

Marcos não acreditava em fantasmas. Talvez pudesse dividir um pouco da culpa com o Departamento de Trânsito... Não, não adiantava se enganar. Ele quebrou a perna porque estava bêbado e doidão.

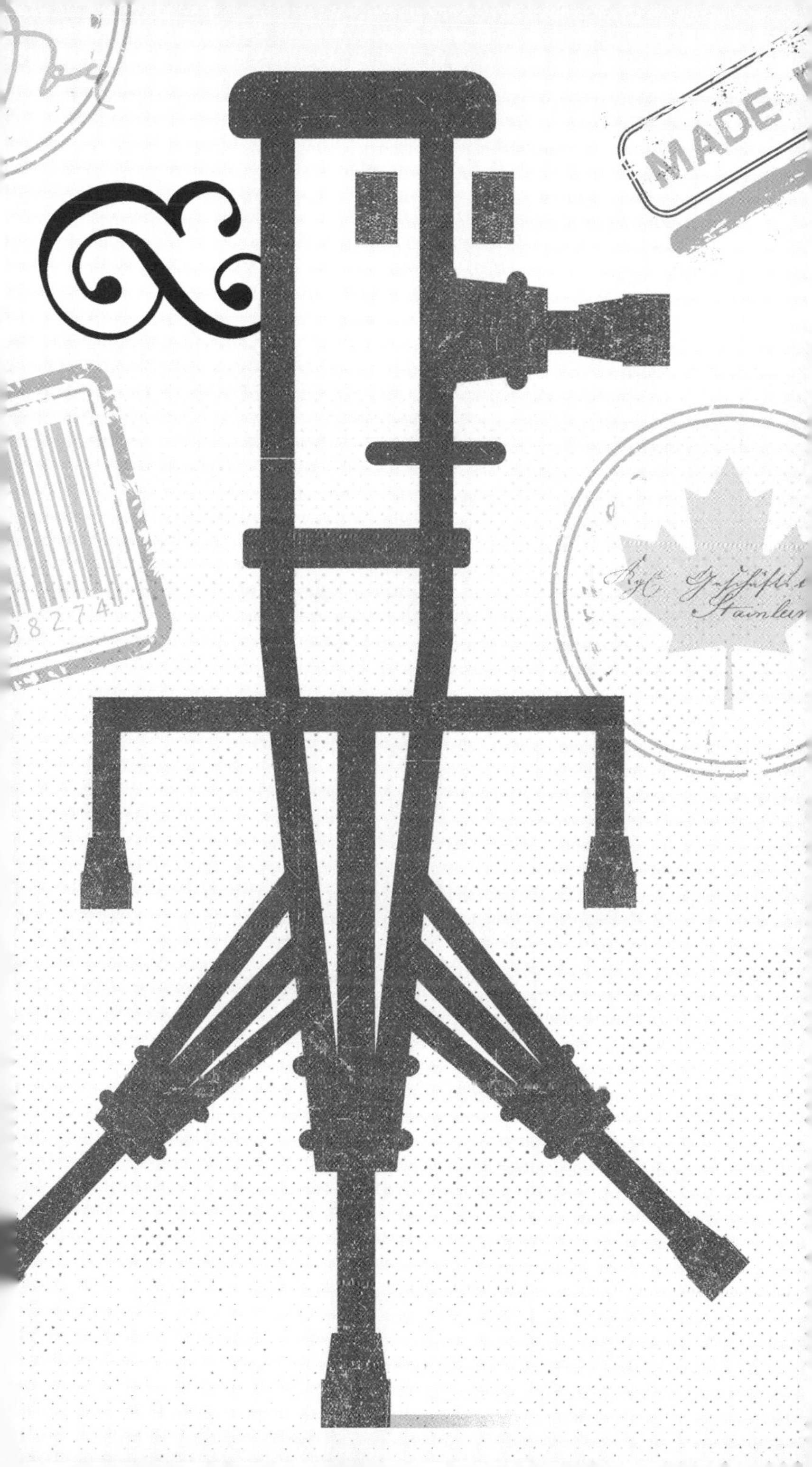
MADE

3
CASTIGOS NO MUNDO ATÔMICO

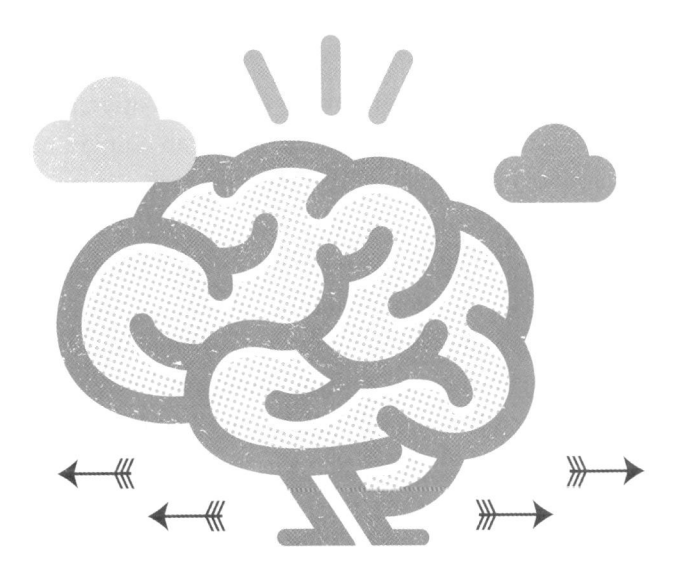

OS DIAS PASSAVAM E ELE NAQUELA mistura de dor e autocomiseração. Às vezes lhe vinham pensamentos construtivos, tipo aproveitar a parada forçada para dar uma guinada na vida, levar ainda mais a sério seu propósito de ser fotógrafo, traçar um novo caminho a ser seguido dali por diante, arranjar trabalho, alugar apartamento, o acidente como símbolo, a fratura como separação entre a adolescência e a vida adulta. Quebrar a perna podia significar a necessidade de aprender a andar de novo, dar novos passos, enterrar os equívocos do passado.

No entanto, na maioria das vezes, ele lutava mesmo era contra a realidade, com pensamentos bestas tipo "aquilo podia não ter acontecido". Podia estar numa dimensão paralela do tempo-espaço e de repente tudo voltaria ao normal. Podia ser um fóton e levar uma vida quântica. Os fótons, diante de dois caminhos possíveis, se dividem e tomam os dois caminhos ao mesmo tempo, experimentam as duas alternativas, e a parte do fóton que toma o rumo errado tem a capacidade temporal de voltar atrás e fazer a opção certa. Marcos queria ter essa segunda chance, viver num mundo subatômico, onde o tempo fosse relativo e ele pudesse voltar no tempo e usar o freio da moto e ficar atrás da picape e esperar o ônibus passar. Não era justo tanto sofrimento e tanta dor por um fato que durou alguns segundos no passado, e bastaria um simples reflexo para não ter acontecido. Um reflexo *certo*, que ele podia ter tido se não tivesse enchido a cara de cerveja, vodca e maconha. Marcos queria ser um fóton para ter direito a pequenos tropeços sem ser castigado, para poder voltar atrás numa boa. No mundo atômico, os castigos eram desproporcionais aos erros.

Um terceiro tipo de pensamento consistia em culpar seu inconsciente. Depois da morte dos pais em um acidente de barco no Rio Sergipe, havia pouco mais de três anos, Marcos fez alguns meses de análise e compreendeu um pouco os processos inconscientes. Por que quebrou a perna? Culpava-se pela morte dos pais? Queria se juntar a eles? Também sucumbir em um acidente? A fratura foi a forma que encontrou para se boicotar? Boicote contra seu desejo de "correr" o mundo como fotógrafo? Um mês antes, não tinha dito a Renata que a vida parecia muito difícil e não sabia se teria energia pra "correr atrás"? O desamparo pela perda dos pais o fez desejar voltar a ser bebê e ficar na caminha aos cuidados da irmã? Encontrou uma maneira de ser tratado como criança? Estava evitando entrar no mundo adulto?

A autoanálise até abria vertentes boas e profundas, mas a ideia do vacilo sempre voltava e prevalecia, e todos os outros pensamentos e explicações se revelavam apenas tentativas autocomplacentes de dividir e aliviar a responsabilidade do fato de estar dirigindo uma motocicleta doidão. Se estivesse careta, com certeza não teria ultrapassado a picape. Ele *sabia* disso.

O hematoma escureceu quase toda a perna, depois foi clareando, passando do roxo-escuro ao amarelo-sinistro. Segundo o dr. Calçado, seria necessário um longo período para a recuperação, muitos meses, mais de um ano talvez, e uma paciência de agricultor, até formar o calo ósseo. Marcos se preparou, juntou tudo de que precisava perto da cama, a TV, o telefone, uma pilha de livros e revistas, o laptop, montou um microuniverso autossuficiente no seu quarto-nave espacial, pronto para enfrentar o tempo.

Com a muleta, ele já conseguia andar até o banheiro, então parou de comprar os serviços do sobrinho e pôde até tomar banho sozinho. Era patético. Primeiro enfiava a perna engessada dentro de um saco plástico de lixo e amarrava bem a boca, um pouco acima do joelho. Só que o maldito boxe tinha um rodapé de mármore de mais de um palmo de altura que ele precisava pular para entrar. Ele se apoiava na muleta para levantar a perna esquerda, suando de medo de que a ponta de borracha escorregasse na cerâmica lisa do piso. Se caísse de perna aberta em cima do rodapé, nunca mais poderia ter filhos. Uma vez o pé esquerdo escorregou dentro do boxe e, no último segundo, antes da castração, Marcos largou a muleta e se agarrou no registro de água fria. Ficou lá pendurado, a perna engessada para fora, a outra deslizando em direção ao ralo, sem poder reaver a muleta para se firmar e levantar, e aí teve de se aproximar lentamente da parede, colar a mão esquerda e cair sentado no chão do boxe. Então começou a rir, um riso bem histérico.

E havia as visitas, claro.

Beto sentiu-se culpado por emprestar a moto a um sujeito sem carteira, doidão, ainda mais num dia de chuva, e foi ver Marcos muitas vezes nas três primeiras semanas, oferecendo ajuda, mas não havia muito o que fazer nem dizer a respeito. Havia silêncios incômodos, e suas visitas naturalmente cessaram.

Outros amigos também vieram. A galera queria saber como tinha acontecido, ele repetiu mil vezes, então eles balançavam a cabeça, indignados com a inclemência da fatalidade, mas no fundo doidos para contar alguma desgraça pior. Marcos ouviu as maiores atrocidades possíveis, que povoarão seus pesadelos pelo resto da vida, acidentes em que a cabeça do sujeito voou longe, pedaços de couro cabeludo arrancados por grades de ferro, pai no enterro enchendo com chumaços de algodão a cabeça do filho esmagada por um caminhão, motorista de conversível decapitado por vergalhão, mulher e filhos procurando no acostamento as pernas do pai arrancadas por um ônibus, primo motociclista triturado dentro de caçamba de lixo, avozinhas fofas caindo na frente do trem do metrô, corpos cortados ao meio em capotagem. Era só Marcos acabar de contar seu acidente para a visita emendar:

– É, você teve sorte... O meu vizinho foi de moto até Campo Grande, e na avenida Brasil um caminhão de lixo...

– A gente nunca espera... Imagina que a minha tia tava saindo da praia e um carro-pipa, a cem por hora...

Outra coisa que as visitas faziam era perguntar se o gesso não estava incomodando, se não coçava muito, como é que ele aguentava com aquele calor... Não fica suado? E se cair alguma coisa aí dentro? E se entrar água? Não dá agonia? Não dá vontade de arrancar tudo? Como será que tá a pele aí por baixo? Impressionante como o músculo atrofia rápido. Vai precisar de um ano de fisioterapia diária. No Japão, ninguém usa mais gesso. Cuidado quando for coçar, fulano enfiou um lápis, arranhou a pele, infeccionou, teve de amputar.

Uma dessas visitas era a Renata. Tinham começado a ficar em uma festa, uns três meses antes, e agora Marcos não sabia como prosseguir com a relação. Ele não podia sair pra lugar nenhum. Sexo, nem pensar. Só de imaginar, doía. Se tentassem transar, talvez tivessem de chamar o Corpo de Bombeiros, ou o serviço de resgate aéreo do plano de saúde. Uns beijos até rolavam, mas não havia clima, parecia sempre uma forçação de barra, caridade dela, e Renata aos poucos foi virando apenas uma visita. Era a mais frequente, chegava a passar tardes inteiras fazendo companhia a ele, mas num tipo de amor mais para afeto do que para tesão. Marcos não queria prendê-la a um sujeito que podia passar mais de um ano trancado num quarto. Ela era uma garota linda de 17 anos, cheia de energia e vontade de viver. Ele foi deixando a relação esfriar, e isso aconteceu naturalmente.

As semanas foram passando, e ele cada vez mais só, em seu quarto, num microuniverso com livros e internet que lhe bastava e o fazia quase feliz. Sentia-se melhor assim, isolado. O sofrimento era uma coisa íntima, não queria partilhá-lo com mais ninguém. Respondia às chamadas do celular, participava de redes sociais, mas nunca comentava sobre o acidente, nem como se sentia. A atenção dos outros o incomodava. A vida era um texto, e ele estava entre parênteses.

Faltava andar um quilômetro por dia para ativar a circulação, como o dr. Calçado mandou. Marcos não quis fazer isso na rua nem dentro da vila, então traçou e mediu o maior percurso que poderia caminhar dentro da casa. Da cama, atravessando o corredor do quintal até a porta da cozinha, nos fundos da casa, e voltando até a cama: 20 metros. Para andar um quilômetro precisava repetir esse trajeto 50 vezes. Toda manhã Marcos fazia isso, de muleta, pisando de leve com o pé direito. Nas primeiras vezes perdeu a conta. Passou então a ter uma caixa com 25 palitos de fósforo sobre a mesa de cabeceira. Todas as manhãs ele a abria e despejava os palitos sobre a mesa. A cada vez que ia até a porta dos fundos da casa da irmã e voltava, ele recolocava um palito na caixa, até fechá-la de novo.

Vinte dias depois, quando voltou ao médico, diante das novas radiografias, o dr. Calçado balançou a cabeça e disse:

– Você tem muita tensão nas fibras musculares da panturrilha. Sem a tíbia para manter os músculos esticados, a tendência deles é a contração, aí eles repuxam os ossos. As duas partes da tíbia saíram do encaixe inicial e se sobrepuseram um pouco mais. A fíbula também. Ainda pode se formar o calo ósseo, mas você perdeu mais 1,5 centímetro de perna.

Mais três semanas. Novas radiografias, e a conclusão do médico.

– Impressionante a reação dos seus músculos da perna. Ainda não encontraram uma posição estável e continuam tracionando os ossos. Voltaram a contrair a tíbia. O calo pode ser formado, mas você perdeu mais 1 centímetro.

Quinze dias depois.

– O ângulo em que a tíbia ficou facilita essa contração muscular. E ela não quer se estabilizar. Vamos ter a formação do calo ósseo, não resta dúvida, mas você perdeu mais 1 centímetro.

Cada vez a perna ficava mais curta, as duas pontas de tíbia não paravam quietas, e isso impossibilitava a formação do calo ósseo. Marcos já havia perdido quase 5 centímetros e, a continuar aquilo, só ia poder andar junto ao meio-fio, com uma perna na rua e a outra na calçada.

No fim de três meses com a perna no gesso, diante das novas radiografias, dr. Calçado balançou a cabeça e concluiu:
— Não vai dar, não.
— O quê?
— Vamos ter que operar isso.

Como assim?! A dor. O gesso por alguns meses. A lição aprendida. Pronto. O castigo fora aplicado. Já até havia sido um castigo grande demais para uma falta tão pequena. Marcos só queria ficar no seu quarto, quieto, até aquilo tudo passar, um ano de molho, esperando o bendito calo ósseo, depois a fisioterapia, pronto. Vida que segue. Nunca mais dirigir depois de beber e fumar maconha. Um novo Marcos, ajuizado, um vulcão tranquilo, maduro, aprendendo com a vida etc., etc. Operar? Depois de três meses de gesso e conformado a esperar um ano... mais castigo? Não, operar de jeito nenhum, não era justo uma bobeada ter tantas consequências!

— Vamos ter de abrir e ver como estão as coisas. Não gosto de operar. É uma intervenção arriscada. E há ainda o risco da infecção hospitalar. Isso em osso é um problema grave. Sem falar dos riscos da anestesia geral, claro.

Talvez não dê para ser cirurgião ortopedista sem ser sádico, tudo bem, mas Marcos estava muito frágil, com medo até de cortar as unhas. Cada palavra do infeliz ficava ecoando sem parar dentro da cabeça de Marcos enquanto ele olhava o teto do quarto e continuava ricochetando nas paredes do crânio até durante a escuridão da noite, quando ele atravessava insone aquelas madrugadas solitárias e aflitas. Desde que saiu da clínica, sua angústia se tornou quase palpável. Não aceitava aquele destino. Depois de três meses de gesso? Parecia um despropósito, um castigo desatinado. Operar, não!

Tentou lutar. Pensou em apelar para a fé, uma operação espiritual, mas se convenceu de que não existia nada menos espiritual que osso. Pediu à irmã para levá-lo a mais três médicos. Um ortopedista metido a besta deu uma olhada nas radiografias com desprezo e disse:

– Você já devia ter operado.

Um clínico geral muito gordo acrescentou:

– Foi uma irresponsabilidade não ter operado.

O terceiro era um acupunturista. Marcos já estava apelando. O sujeito, acostumado a dores lombares, tendinites e cefaleias, quando viu aquele osso esmigalhado, chegou a fazer cara de nojo. Marcos sentiu-se levando um fusca velho numa oficina para Mercedes.

– Eu, se fosse você, operaria logo – aconselhou o acupunturista e o despachou rápido, com medo de que ele espantasse a clientela.

Na saída, Marcos tropeçou no capacho do elevador e caiu. O ascensorista o ajudou a levantar e filosofou:

– Quando a pessoa tá numa maré de azar, é capaz de quebrar os dentes caindo de costas.

Marcos quis acreditar que aquele tropeção provocara um milagre e colocara sua tíbia no lugar. O sofrimento o estava tornando místico, quase maluco. Foi a uma clínica particular, tiraram uma radiografia, e claro que lá estavam as pontas de osso sobrepostas, o ângulo torto, e, para piorar sua situação, o ortopedista, preocupado, disse que o caso era muito grave, que ele devia operar logo, senão podia... perder a perna.

Perder a perna!

Foi a primeira vez que falaram aquilo claramente. Era isso que todos pensavam, mas não tinham coragem de dizer.

– A fratura pode ter arrebentado vasos importantes – continuou o ortopedista. – De uma hora para outra, a circulação para e começa um processo de necrose, de gangrena.

Necrose.

Gangrena.

Amputação.

Foi numa tarde chuvosa e úmida que o dr. Calçado o recebeu com um sorriso.

– Vamos lá. Também não é nenhuma tragédia.

"Quando eu ficar bom, vou te esperar no estacionamento e quebrar tua perna", Marcos pensou, mas apenas balançou a cabeça e disse:

– Tudo bem. Vou operar. Como vai ser?

– Você tem plano de saúde não tem?

– Tenho.

– Mas não opero pelo seu plano.

– Não?

– E não é questão de dinheiro. Ao contrário. Onde eu opero não ganho nada. É um hospital público, especializado em traumato-ortopedia. É uma referência em cirurgias ortopédicas. Muito bom mesmo. A minha secretária vai te dar o endereço. Você não vai pagar nada. Nem a prótese. Sabe que seu plano de saúde não paga próteses? E podemos precisar de alguma bem cara. Temos todos os tipos de prótese lá. Placas e parafusos. Os melhores do mercado. Isso é necessário. Num hospital particular pode faltar o material certo. É um problema. Temos também um dos melhores bancos de ossos… para o caso de um implante.

– Implante?! E então? Faço o quê?

– Hoje é sexta... Apareça no hospital segunda, às seis e meia da manhã, e entre na fila. Mas não se assuste. Verdade. Pode acreditar. Lá é ótimo. Leve seus documentos. Deixe a papelada da internação por minha conta.

Todos os terrores de Marcos se apertaram bem para caber naquele fim de semana. Ficou paralisado na cama, com palavras como "amputação", "necrose", "gangrena", "próteses", "implantes" e "parafusos" pingando do teto bem no meio da sua testa. Olhava as pessoas na TV e só conseguia reparar nas pernas, como elas andavam para lá e para cá. Diante de um documentário sobre uma praia selvagem, só pensou que, sem perna, nunca mais chegaria a lugares assim. E os vulcões extintos? E seus sonhos? Seus propósitos? E o demônio da culpa voltou com tudo: não parar quando começou a chover, acelerar em vez de frear, ultrapassar na curva, as cervejas, as doses de vodca, os baseados, a culpa se alimentando da alma de Marcos como uma espécie de cupim espiritual, sua alma corroída, se desfazendo, e não havia como impedir, porque os atos eram irrevogáveis, e os castigos pelo visto não tinham limites e podiam durar para sempre e lhe custar a perna direita, todos os seus planos de futuro e todos os vulcões do planeta.

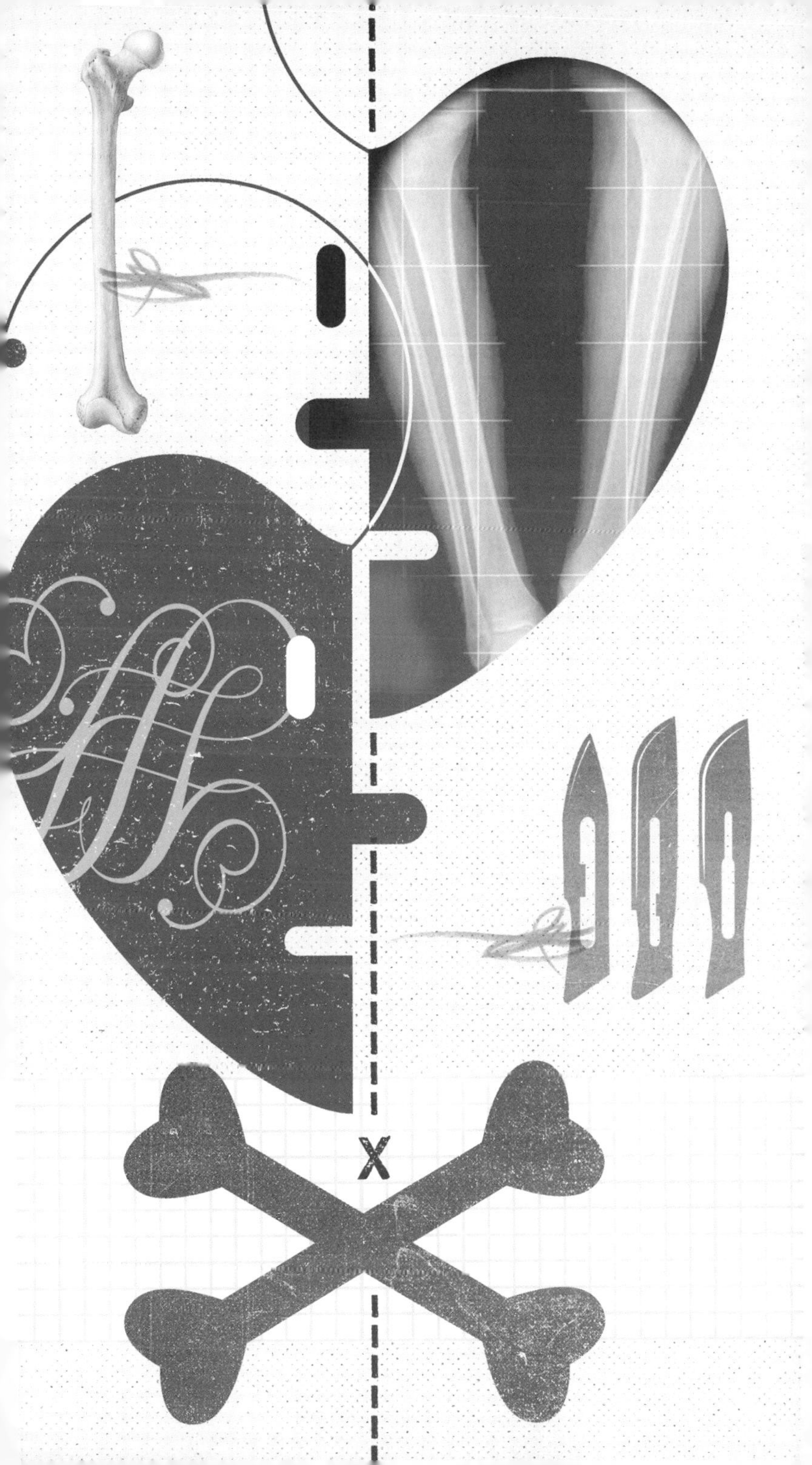
X

4

PRAZO E PORCENTAGEM

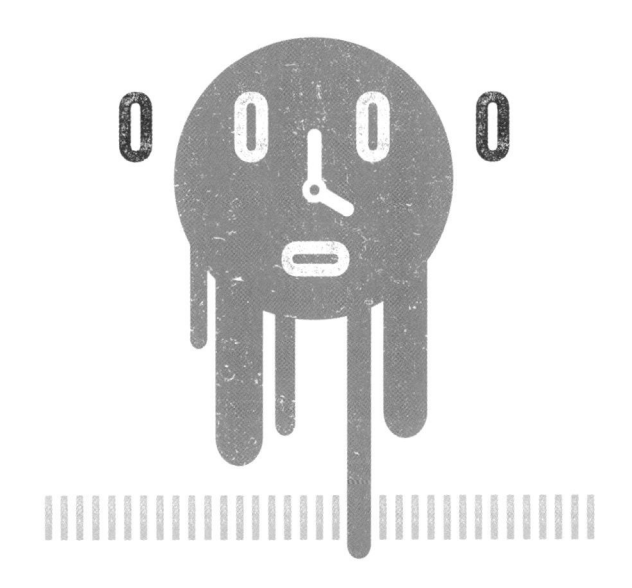

ÀS SEIS E MEIA DA MANHÃ o cunhado o deixa na porta do hospital. A fila já sai do prédio quadrado e cinza, umas cem pessoas, abatidas, derrotadas, escoradas na parede encardida, engessadas, pobres, com muletas velhas, remendadas. Marcos pega seu lugar no final, senta no degrau de um botequim ainda fechado e estica a perna na calçada, atrapalhando o caminho de uma barata gorda.

– Aqui não tem atendimento preferencial pra deficientes físicos? – brinca o cunhado.

Não encontrou vaga, o carro está com dois pneus sobre a calçada, ele tem de ir, seguir para o trabalho. Uma hora depois, quando as portas se abrem e a fila é puxada pelo prédio como fio de macarrão para dentro de uma boca doente, Marcos já não é o último, atrás dele há mais uns 30 sobreviventes de alguma guerra sem sentido, dois ou três realmente quebrados, em cadeiras de rodas, braços, pernas, cabeças, fora os que ele nem viu, que entraram directo pela garagem em ambulâncias com sirenes histéricas.

Lá dentro, a fila se enrosca como uma cobra para caber numa sala apertada e abafada, e as pessoas ficam se olhando, comparando os azares. Marcos sente olhares de inveja em sua muleta canadense nova, moderna, o aço brilhando e a espuma do punho ainda inteira. Não vai ser fácil. É um lugar onde se sente inveja de muletas. E a fila para de novo.

Ele avaliou bem o dr. Calçado e acabou confiando. Não conseguiu achar nenhum interesse escuso nele em querer operar num hospital público. Não ganharia nada. Talvez se sentisse culpado por não ter feito a cirurgia antes, ou a coisa era mesmo grave e ele queria ter mais recursos, banco de ossos, essas coisas em que evitava pensar. A irmã telefonara para o amigo ortopedista, que confirmou: os hospitais públicos, apesar do atendimento muitas vezes precário, eram mais bem aparelhados para cirurgias graves, e os cirurgiões, lidando com todo tipo de caso, mais competentes. Sem falar no custo da prótese, que era bem alto. Marcos havia pesquisado na internet, não era nada mau mandar aquela conta para o Estado.

Os guichês da recepção abrem, a fila volta a se arrastar. Nem todos são aceitos. Não basta o infeliz mostrar papéis, contar seu drama, sacudir o gesso, porque as recepcionistas às vezes balançam a cabeça e dizem não. O critério é misterioso. Pessoas tão quebradas e miseráveis como as da fila saem do prédio desesperadas, param na calçada olhando para os lados, sem rumo.

Muito tempo depois chega a vez de Marcos.

– Identidade e CPF – pede uma senhora bigoduda do outro lado do vidro. Olha o documento e registra os números no computador.

Ele é aprovado rapidamente. A impressora vomita uma guia de internação, uma enfermeira indica um corredor à direita, passando por uma grande porta de madeira. Marcos segue por um corredor cheio de portas e sai num pátio interno, com uma mangueira florida, alguns carros e ambulâncias estacionados. Há um segundo prédio de três andares ao fundo, ainda mais cinza e soturno. Lá dentro abrirão a sua perna. Sobe uma rampa e entra no prédio, elevadores enormes ao fundo, duas salas de recepção, uma de cada lado. Encaminham-no para a sala da direita, e uma funcionária curvada, com um olho muito aberto e sem vida, o manda sentar.

– Eu me chamo Rosa – diz ela. – Sou assistente social. Vou fazer algumas perguntas pra preencher sua ficha.

Profissão? Estudante. Alguma doença crônica? Não. Usa alguma medicação? Ele dá o nome do anti-inflamatório. Já foi operado antes? Não. Alergia a alguma substância? Camarão é substância? Não, e ninguém vai servir camarão num hospital. Algum distúrbio psiquiátrico? Ainda não. Usa drogas? De jeito nenhum. Nunca. Nem pensar. Causa da fratura? Acidente de moto. Quanto tempo engessado? Três meses. Já teve problema com anestesia, mesmo no dentista? Não.

– Religião?

– Nenhuma.

– Você não tem nenhuma religião? Não frequenta nenhuma igreja? Preciso colocar alguma coisa aqui na ficha.

– Coloque "nenhuma".

– Você nunca entrou numa igreja?

– Já.

– Viu?

– Mas foi porque estava chovendo.

– Vou colocar "católica".

– Escreva "ateu".

– Ah, é.

Em seguida é levado a um cubículo, e um enfermeiro amarra seu braço, espeta uma agulha, e uma seringa se enche de sangue como um pernilongo gigante transparente.

– Teste de aids – ele se dá ao trabalho de explicar.

Rosa, a assistente social do inferno, o pega de volta, leva até um armário de aço, tira lá de dentro duas peças de roupa dobradas, uma sandália de borracha e um grande saco de plástico e ordena:

– Vista esse uniforme e coloque sua roupa e todos os seus pertences aqui nesse saco. Ele será lacrado. Celular, carteira, documentos, roupas, relógio, sapato... tudo mesmo. Seus objetos pessoais ficam guardados aqui. Ou podem ser entregues a um familiar. Não são permitidos lá dentro. Objetos vindos de fora podem gerar infecções hospitalares. Você pega na saída, quando tiver alta. Depois pode subir. Vai ficar na ala masculina, terceiro andar. Não pode receber ninguém. As visitas só são permitidas aos domingos, das 12h às 12h30, uma pessoa para cada paciente. Não podem trazer nada nem tocar em você. Terá três refeições por dia, e aqui está a chave do seu armário lá em cima. Tem sabonete, escova e pasta de dentes dentro dele. Vai ganhar um uniforme limpo dia sim, dia não. O número do leito é 23.

Ele volta do biombo todo de azul desbotado: uma camiseta de manga curta e uma bermuda com cordão. E sandália de dedo.

É levado ao consultório do cirurgião ortopédico de plantão. As radiografias tiradas na clínica do dr. Calçado estão sobre a mesa, e o homem tem pressa em despachá-lo.

– Seu caso já está sendo avaliado. Você deve ser operado em duas semanas.

Duas semanas ali? Se esforça muito para não surtar. Duas semanas sem celular, sem internet, sem computador, sem livros, sem câmera? Mas não era urgente? Não corre risco de amputação? Duas semanas incomunicável? Preso? Qual foi o crime? Foi só um ato impensado.

Marcos gagueja:

– O que o senhor acha que...?

– Sabe como é o método chinês pra saber se a água da banheira está na temperatura certa?

– Não.

– Entrar nela. Só vamos saber o que fazer quando abrirmos a perna e ver o que aconteceu.

– Mas quais são as chances de...?

– Vamos fazer o possível, Marcos. Você está no melhor hospital que existe para esse tipo de cirurgia. Mas, desculpe a franqueza, existe 50% de chance de você perder a perna.

É a primeira vez que lhe dão números precisos. Duas semanas. 50%. Agora ele tem prazo e porcentagem. E começa a contar.

Um enfermeiro vem pegá-lo e o conduz por um saguão espaçoso, com duas portas de elevador ao fundo e um espelho de corpo inteiro entre elas, para os que sobem terem a noção visual da sua desgraça. Marcos caminha para lá com a sensação de que só vai resolver aquela fratura se conseguir ficar inteiro, mas isso vai ser um bocado difícil. Está partido, pode sair dali sem uma perna, ou nem sair, aquilo é uma fratura mesmo, exposta. Deixou toda a sua vida para trás, enfiou sua identidade em um saco plástico. Um erro o levou até ali. Não vai esquecer isso. Quatro latas de cerveja, duas doses de vodca, dois baseados, duas semanas, 50%, identidade, CPF... Números. Vai entrar no inferno sem identidade, sem referências, sem ninguém. Vazio. Vai contar apenas com a memória para tentar manter o *eu*.

Lá fora os tormentos em torno de sua identidade às vezes o levavam à beira do abismo, pela ansiedade. Ou do ridículo, quando tentava imitar os outros. No entanto, aqueles tormentos quase sempre eram acalmados com algumas latas de cerveja ou uns baseados. Agora ele não ia contar com esses tranquilizantes externos. Teria de enfrentar a si mesmo de cara limpa. Não tinha nenhuma ajuda interna também, nenhum amigo imaginário. Para Marcos, rezar a Deus era como incomodar alguém, ou pedir coisas a algo que ele mesmo teria inventado.

Bebidas e baseados iam afastando o abismo da identidade, acalmando a ansiedade, entorpecendo, mas só adiavam o processo, e, quando os efeitos passavam, a ansiedade voltava ainda mais voraz. Via os efeitos da cocaína e do ecstasy em alguns amigos e sabia que esses caminhos levavam a mundos ainda piores.

A outra técnica para fugir do abismo da identidade era a imitação. Quando não se sabe o que fazer com o *eu*, uma saída é copiar os pensamentos e os gestos dos outros, dos que parecem bem-sucedidos. Marcos fazia isso, mas no fundo sem se deixar convencer. Sabia que ia estar preso ao seu corpo, ao seu rosto e ao seu passado pelo resto da vida, e o mais difícil, a maior prova, era se sentir bem sozinho, e sozinho não havia sentido em copiar os gestos dos outros. Ao contrário, sozinho as imitações se voltavam contra ele, o *eu* falso se mostrava ridículo e o deixava em frangalhos, dissociado, despersonalizado. Fraturado. Amputado. Como agora, a caminho do elevador que o levaria ao inferno.

Marcos sempre teve uma sombra lhe dizendo que as drogas e as imitações eram fraudes. Ele não queria ser o que todos eram. Ele queria ser a combinação particular de seus processos cognitivos, o resultado de todas as percepções que vinha tendo durante a vida, um vaso único, um vaso cheio de experiências pessoais, mas ficava preocupado com a aparência do vaso, com o que os outros iam achar do vaso, como o vaso deveria agir, quando devia era estar atento para o vaso não rachar. Porque aquele negócio de se anestesiar com drogas ou investir na aparência, copiar gestos, imitar atitudes, tudo aquilo era apostar em cavalo perdedor. Ele nunca nem ao menos ia ver as próprias costas, nunca ia saber como os outros viam sua nuca, até mesmo o seu rosto, que acreditava conhecer bem, e todo o seu corpo; ele passaria a vida toda se conhecendo por meio dos reflexos dos espelhos, como aquele que via agora, entre as duas portas.

    Ele ia subir para o terceiro andar ainda adolescente, ainda procurando se estereotipar, achando que fazer parte de um grupo organizaria seu caos interno, ainda se sentindo confortável no rebanho, com seu celular, suas redes sociais, sua galera, mas tudo isso agora estava lacrado em um saco plástico. Estava caminhando para o elevador ainda como uma presa fácil, sem pressentir as tocaias, previsível e acessível porque ainda tinha ídolos, procurava alívio neles. O medo do desconhecido e do absurdo da vida ainda deixava sua alma servil, adolescente, achando que era rebelde, vulcãozinho expelindo lava, mas se agarrando à identidade do grupo, com medo de afundar sozinho, escondendo suas dúvidas pessoais atrás de uma certeza grupal, que na hora H sempre deixava todos na mão, e aí tome cerveja, vodca e baseados. Ainda era vítima de técnicas sugestivas, ainda adotava comportamentos, ainda era manipulável. Mas todas aquelas muletas agora estavam lá, trancadas no armário de aço, e ele ia subir só, desconectado, entregue a si mesmo, apoiado apenas numa muleta de verdade.

Lembrou com força do pai e da mãe. As fraturas o tornavam diferente? Sofrimentos antigos não o deixariam um pouco mais competente nas crises? A morte dos pais. Nos sofrimentos, ele era obrigado a parar de se enganar. Nesses momentos ele fazia a coisa certa. Não se drogava. Não se drogou na época nem se drogou depois que quebrou a perna. Gostava de enfrentar a dor de cara limpa.

Caramba, crescimento não podia ser só escalada, ansiedade, tropeços, existiam planícies no meio do caminho, lugares para se dar um tempo, para ouvir a voz de dentro. Ele não podia resolver a dor com muito barulho em volta. As outras pessoas faziam muito barulho, uma confusão dos diabos cheia de palavrório inútil, de discursos, de músicas, uma confusão feita na medida para abalar a sua confiança, tanto ruído que nem sua memória parecia lhe pertencer, sua memória tinha incorporado imagens alheias demais, e as feridas, feridas só suas, precisavam de solidão para cicatrizar. A corda que ele estendia entre as necessidades internas e as exigências externas vivia frouxa, só no sofrimento ela esticava, e ele gostava dele mesmo nesses momentos, seu vaso resistia, não quebrava, não vazava. Ele não tem problemas com a solidão, até gosta dela. É nisso que precisa acreditar enquanto vê o enfermeiro apertar o botão do elevador. Vai superar aquela fratura também. Como superou a morte dos pais. Vai, sim.

Não se considera normal. Não quer resolver os seus problemas arranjando um ego funcional, autoindulgente, realizador das expectativas dos outros, falso. Quer superar a maioria, ir muito além, alcançar as identidades especiais. Quer ser um fotógrafo como Sebastião Salgado. Ter e realizar grandes projetos. Subir ao topo de vulcões tranquilos. Acredita que poderá ser uma pessoa especial, com identidade própria, se tiver calma, se trabalhar para isso, se se mantiver à espreita sobre si mesmo, se não se apavorar com as fraturas, se não fugir do abismo imitando os outros ou se drogando feito um babaca.

    Mas um erro grave o levou àquela fratura e àquele horror inimaginável. O elevador chega, e, ao entrar nele, lá se vão todas as esperanças, toda a autoconfiança, todo o otimismo, e a porta se fecha, e Marcos sobe para o terceiro andar completamente desamparado, no mais solitário e completo e indizível e profundo pânico.

5
BEM-VINDO AO LEITO 23

UM VASO DE FLOR em cima de uma cadeira de rodas. É a primeira imagem que Marcos vê do inferno quando as portas do elevador se abrem. Está em um grande saguão de paredes brancas, com um sofá e duas poltronas de couro marrom e um telefone público azul. O enfermeiro abre uma porta larga, pintada de verde-claro, deixa Marcos passar na frente, e ele quase é atropelado por uma maca empurrada a toda por uma enfermeira de cabelos oxigenados. Sobre a maca vai um corpo, dentro de um saco plástico preto.

Marcos está no meio de um corredor muito comprido, quatro passos de largura por uns cem de comprimento, com portas duplas, de um lado e do outro.

O movimento é frenético, macas velozes nos dois sentidos, ou paradas por todo lado, dezenas de enfermeiras e enfermeiros, faxineiras e faxineiros, médicos e médicas, assistentes e pacientes. Os fraturados como ele se arrastando em muletas, apoiados nas paredes, em cadeiras de rodas, empurrados em macas, vivos ou mortos, ou apenas parados, com o olhar perdido, abobalhados de dor, e os carrinhos carregados de remédios, hastes com soros pendurados, por todos os cantos, carrinhos com pilhas de pratos sujos do café da manhã, médicos em bandos saindo e entrando pelas portas, e os quebrados arrastando gessos, tentando falar com eles, os berros da recepcionista perguntando onde foi parar a Cleuza, os gritos de dor saindo do banheiro, campainhas e luzes vermelhas piscando aos pedidos de socorro dos internos, pilhas de uniformes sujos amontoados em caçambas de metal, cheiro de fezes, urina e éter.

A voz feminina metálica saindo dos alto-falantes chamando com urgência o anestesista, dr. Tanaka, para uma emergência na sala de cirurgia. O rapaz chorando ao lado do extintor de incêndio, o velho fazendo uma estranha fisioterapia com os braços na parede, enquanto Marcos segue o *seu* enfermeiro, olha para dentro das portas. Vê a enfermaria, os quartos enormes, os corpos quebrados sobre os leitos, cobertos com lençóis, olhos do lado de lá da dor, corpos de que às vezes só se vê um rosto olhando para o teto, o resto todo coberto de gesso e gaze, de onde saem tubos e fios e sacos plásticos, e uma faxineira esfregando desinfetante no chão e cantando: "Mais do que a abelha à flor, eu amo você, Jesus".

O enfermeiro abre uma daquelas portas duplas – eles entram no quarto que será de Marcos por duas semanas – e lhe aponta uma das camas com um dedo entediado e mole, e depois uma placa redonda com o número 23 no canto esquerdo da cabeceira. É a primeira, à direita de quem entra, coberta por um lençol do mesmo tom de azul do seu uniforme. Metade de seu corpo vai desaparecer quando deitar, será só uma cabeça, dois braços e duas partes de pernas. Na parede junto à cama, um registro para a saída de oxigênio, um fio e uma tomada de campainha, um gancho para pendurar o soro e uma tomada. À esquerda, uma mesinha de metal com um pequeno armário na parte de baixo.

Há mais três camas. São duas de cada lado, com as cabeceiras encostadas na parede, a uns três metros de distância uma da outra. Ao fundo, do lado oposto ao do corredor, uma grande porta envidraçada dá para uma varanda muito comprida, em toda a extensão lateral do prédio. No canto, ao lado da porta envidraçada, um armário de aço. O enfermeiro passa uma chave pequena para Marcos, presa a uma placa de plástico com o número 23 gravado dos dois lados, e aponta com o queixo para o armário:

– Lá dentro tem toalha, sabonete, escova e pasta de dentes. Depois de usar, guarde tudo lá dentro. Boa sorte.

E vai embora. Marcos joga a chave sobre a mesinha de cabeceira. Encosta a muleta na parede, estica-se na cama, mãos cruzadas atrás da cabeça, e fica olhando para aquele novo teto, tentando não enlouquecer de desespero.

– E aí, companheiro? Isso aí foi o quê? – pergunta seu vizinho de leito.

– Moto – responde.

– Mais um.

– Você também?

Ele está com o pé direito engessado até o meio da canela.

– Não. Eu não. O meu foi tiro. Um trinta e oito. Tô com a azeitona dentro do tornozelo. O médico disse que, se ela ficar, infecciona e perco o pé todo. Se tirar, também, mas tem chance de ficar bom e, se deixar como tá, não tem jeito. E você?

– Parti a canela num para-choque. Fratura exposta. Tô arriscado a perder a perna também.

Marcos estranha falar daquele jeito, parece estar se vangloriando do risco da amputação. Bem-vindo ao mundo falso dos machos que aguentam tudo e brincam com a desgraça.

– O outro da moto é esse aí. O vizinho aponta para a cama em frente.

– Tá gemendo.

– Foi operado de madrugada, na emergência. Seis horas nas mãos dos homens. Voltou mais morto que vivo.

– Como é que foi?

– Na estrada. Tava a mais de cem. Partiu a moto em duas. Quebrou o braço em cinco lugares, os dedos da outra mão, quatro costelas e o pé direito.

Nesse instante entra um sujeito, de uns 20 e poucos anos, arrastando uma perna, para junto do leito do recém-operado, vira de costas para ele, peida e sai.

– Sacanagem! – Marcos se revolta. – Vou contar pra enfermeira.

Chega a sentar na cama e pegar a muleta.

– Deixa pra lá. Não esquenta. É o Romário. Ele sempre faz isso. Vai ser operado da coluna e é certo ficar paralítico. Mas, se não operar, morre de infecção óssea. Deixa o cara se divertir enquanto pode.

É isso. O tempo vai ter de passar assim.

O tempo. O sujeito com o tiro no pé não para quieto um minuto, não aguenta ficar deitado. Ele pode pisar com a bota de gesso, não usa muleta. Deve ter uns 30 anos, rosto pequeno e redondo, baixo e atarracado, parece uma bola de futebol de salão em cima de uma cômoda. É corretor de imóveis. Anda pelo corredor, entra nos outros quartos, azara as enfermeiras e vive repetindo que vai se vingar, que, quando sair dali, matará o sujeito que atirou no pé dele, numa briga de trânsito, por causa de uma lanterna de freio quebrada.

– Acabo com a raça dele.

À noite, obrigado a deitar, o corretor de imóveis mata o tempo acendendo e apagando a luz do mostrador do seu relógio digital embaixo dos lençóis. Ele conseguiu entrar com aquele relógio redondo enorme e o esconde embaixo do colchão. Há um próspero contrabando de objetos proibidos, trazidos do lado de fora. Na outra cama, o motociclista apenas olha para o teto e geme, as lágrimas rolando até o travesseiro, os braços cobertos de feridas roxas, hematomas das injeções de antibióticos e soro.

A angústia é paralisante. Marcos está preso. Vai ter de conviver com aquelas pessoas estranhas de manhã à noite, dividir a enfermaria, os corredores, os banheiros. Preso e incomunicável. A falta do celular provoca síndrome de abstinência, como uma droga pesada. Ele escuta *ringtones* inexistentes. Não sabe o que fazer com as mãos. O almoço chega ao meio-dia, mas seu estômago está duro como pedra, não tem fome nenhuma, considera absurda a hipótese de enfiar coisas dentro da boca. A enfermeira gorda estaciona junto a ele o carrinho alto, cheio de gavetas abertas, que balançam como se estivessem num barco sobre o mar revolto, tira um bandejão de aço de uma das gavetas, coloca na mesa de cabeceira, e o que Marcos vê não melhora seu apetite. Com o balanço, o feijão ralo escorreu por cima de tudo, até sobre o pedaço magro de goiabada, o purê de batata agora cobre as rodelas de banana, o bife cheio de nervos saltou para o lugar do purê, e o ensopado de abobrinha boia no espaço do feijão, junto com os talheres. O único a permanecer grudado no lugar foi o arroz, firme, empapado. Marcos precisa desesperadamente ficar sozinho. Pelo menos o corretor quase não fica no quarto, o outro apenas geme, e o leito à sua frente ainda está vago. Se os minutos passam como horas, Marcos fica imaginando os dias e se apavora.

Às dez da noite o movimento oficialmente é encerrado, apagam as luzes dos quartos, fecham as portas duplas, um ou outro médico de plantão e três ou quatro enfermeiros do turno da noite circulam pelo corredor. O motociclista afinal dorme e para de gemer. O relógio pisca embaixo do lençol do corretor de imóveis. Marcos ouve uma discussão ao longe, movimentos nos outros quartos, pequenos sons sobressaem no silêncio, o arrastar de uma mesinha, uma campainha de emergência toca, uma enfermeira fala ao telefone, tosses, a porta do elevador abre, depois fecha, outra campainha. Seu sono foge nesse ambiente diferente, assustado como um animal selvagem.

As primeiras luzes do Sol entram pela porta envidraçada, banhando o lençol do motociclista, que ainda dorme, o rosto muito branco e encovado. Daria uma boa foto. Ainda na sombra, o corretor de imóveis ronca. A enfermaria quieta. Acordar antes dos outros, aproveitar o silêncio. Marcos precisa do silêncio. E de arte. Se pudesse fotografar. Fotografar lhe traria um alívio imenso. Por trás da câmera ele registraria aquela realidade, e ela faria sentido, e aquilo afastaria o pânico. Sem câmera, começa a praticar, ver como um fotógrafo, medir a luz e as sombras, imaginar em preto e branco, destacar os detalhes subjetivos da realidade à sua volta, ver, ver como um exercício, isolar uma imagem no infinito e dar nome a ela. Motociclista em seu leito. Sombra do soro na parede. Luz da manhã atravessando as vidraças. Lençol sobre a dor.

Às seis e meia da primeira manhã, a enfermeira gorda volta com aquela expressão de quem não dorme bem há 20 anos.

– Você tem um patinho? – pergunta ela a Marcos.

– Não. Tinha um gato, mas morreu atropelado.

– Não precisa. Ele pode levantar pra ir ao banheiro – diz o corretor de imóveis, rindo, e explica a Marcos: – Patinho é aquele negócio de metal pra urinar dentro.

Café da manhã. A porta abre, um rapaz entra empurrando o carrinho com as bandejas. Um copo grande de café com leite já açucarado, coberto com papel laminado, um sanduíche de queijo minas, uma banana, uma tangerina, e Marcos se força para comer um pouco. Quando o movimento começa, não para mais. Às oito entra um bando de médicos, chefiados por um senhor de cabelos brancos e ralos, com um olhar mau, todos de jaleco branco e mãos para trás. Cercam o leito do motociclista, tiram o lençol, conferem as operações, fazem que sim com a cabeça a cada palavra do líder, como gaivotas aprendendo a construir um ninho. Uma das gaivotas é o dr. Calçado. Depois passam pelo leito do corretor, mas ele já não está, e então cercam Marcos. A gaivota-chefe tira suas radiografias de uma pasta e as olha contra a luz do teto, balançando a cabeça para os lados e pronunciando termos médicos assustadores:

– O acidente foi há três meses... Pseudoartrose não reativa, atrófica, avascular... Excessiva desvascularização dos fragmentos ósseos. Suspeita de osteonecrose. Osteossíntese...

– O que quer dizer isso? – pergunta Marcos.

O líder se espanta com o fato de aqueles ossos partidos pertencerem a um ser humano, mas não responde, vai embora ofendido. Marcos tenta segurar a gaivota Calçado pela asa, mas ela se livra com agilidade e voa para o corredor atrás do bando, deixando Marcos sozinho com aquelas palavras sinistras, "osteossíntese", "osteonecrose", "pseudoartrose atrófica", e elas puxam as outras, "amputação", "gangrena", e todas dão as mãos e ficam brincando de roda na sua mente.

A manhã se arrasta, pesada, a faxineira entra desinfetando o chão e cantando. Ele vai ao banheiro, um espetáculo deprimente, não há porta nos sanitários, não há nenhum local em todo o maldito terceiro andar onde uma pessoa possa ter privacidade, risco de ataques cardíacos, escorregões, suicídios, então o sujeito se senta lá e tenta fazer o serviço com todo mundo olhando. No primeiro dia Marcos não consegue, nem tenta, volta literalmente enfezado para a cama. A poucos dias de talvez perder a perna direita, defecar de porta aberta não deveria ser o maior dos seus tormentos. Mas é. Só no terceiro dia a necessidade venceria a vergonha.

Quando ele volta do banheiro já abriram a porta de vidro que dá para a grande varanda. Pela manhã, aqueles que podem se mexer vão para lá tomar sol. Marcos permanece no leito 23, tentando focar sua atenção de fotógrafo nos mecanismos das camas, na refração dos raios do Sol, na vida de uma pequena barata que passa por trás do leito vazio diante do seu, pensando para onde foram os mosquitos da banana depois que levaram a casca embora. A fotografia já havia ensinado a Marcos que a "realidade" é intencional, que é o sujeito quem escolhe sobre quais objetos focar sua atenção, que, se ele sair para fotografar uma janela, começa a prestar atenção em janelas, e o mundo das janelas se abre para ele, um mundo que existe, mas a que ele até então não dava a mínima. Uma perna quebrada, estar preso a um leito de hospital, limites aos estímulos externos o obrigam a levar sua atenção para passear, acompanhar as marcas no linóleo do piso, as curvas das mangueiras dos soros, as deformidades dos vidros da porta da varanda, as dobras do lençol do motociclista, o mosquito de banheiro que ficou o dia todo parado no mesmo lugar e depois desapareceu. Para onde foi? Suicidou-se entrando pelo ralo? Imobilidade, espaço limitado, restrições perceptivas podem mesmo revelar universos a partir do fio de cabelo sobre o lençol, da linha solta da costura na fronha, das sempre diferentes formas que assumem o papel laminado que cobre o copo de café com leite quando é amassado, da pipoca absurda que encontrou no canto da varanda, na certa trazida por um passarinho desastrado, da tampa de refrigerante brilhando no centro do pátio lá embaixo, da guimba de cigarro sobre o parapeito da varanda, rolando lentamente até cair no pátio – vento ou suicídio? –, da inexplicável nota fiscal de pizza no chão do banheiro, todos os pequenos detalhes da realidade que normalmente passam desapercebidos agora viram portais para universos paralelos, e Marcos os fotografa mentalmente, e aquilo parece com fumar maconha, aumenta a importância do presente e dos detalhes do que acontece em volta. Sem falar do que aconteceu com ele quando tomou morfina no pronto-socorro e, em vez de prestar atenção em sua fratura exposta, se ligou nos azulejos da parede. Então a dor é fruto da atenção? Pode-se parar de sofrer apenas prestando-se atenção em outra coisa? É isso que as drogas fazem? Desviam a atenção do sofrimento? Ele pode fazer isso com a fotografia, com a arte, com o trabalho, com um propósito, com o amor por uma pessoa? Pode. É isso que Marcos vai descobrindo ali no hospital. A fotografia, mesmo sem câmera, o faz focar a atenção em outras coisas, amplia sua percepção e o faz sair de onde está; ele vence a angústia controlando sua atenção, sem drogas... Bom, a sua atenção não está tão controlada assim... Sua mente roda por todos os detalhes da enfermaria e acaba voltando ao seu problema, a perna quebrada, a amputação, o prazo, a porcentagem, a pseudoartrose, a osteossíntese, a osteonecrose, a gangrena, porque o pior inferno nem está em um *lugar*, o pior dos infernos é o pensamento circular que não desliga.

6
PRETO E BRANCO

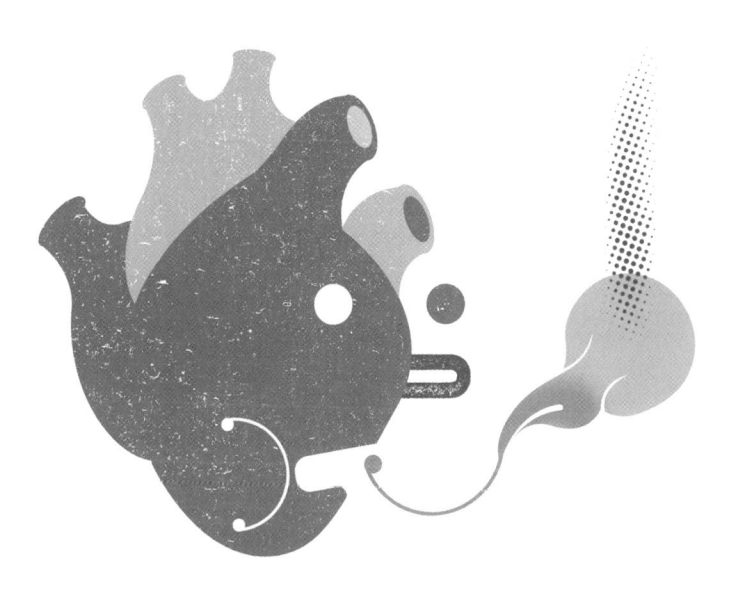

MARCOS ACORDA MUITO MAL, o desespero pesa como um saco de cimento sobre seu peito. Dr. Calçado não voltou. Marcos não toma café nem toca no almoço, o corretor come os dois pratos. Marcos afunda numa tarde de pesadelo. Não tem ânimo para fotografar com a mente, uma angústia corrosiva o consome. Dr. Calçado finalmente aparece, sozinho.

– O que é que tá acontecendo? – Marcos pergunta logo. – O que quer dizer osteonecrose? Osteossíntese? Pseudo...?

– Calma. São só termos médicos.

– Mas o que é que eu tenho?

– Já expliquei. Só abrindo para saber por que não está formando calo ósseo.

– Por que não me operam logo?

– Neste hospital existe um dia certo para cada tipo de cirurgia. Cabeça é na segunda. Coluna na terça. Membros superiores na quarta... Pernas, só operamos às sextas. A sua cirurgia está prevista para a sexta da semana que vem.

– Prevista? Não têm certeza?

– Compreenda. Há a ordem de chegada e também as emergências, casos de vida ou morte, e além disso só operamos na parte da manhã, no máximo três cirurgias, sem hora para terminar. Cada caso é um caso. Não sou eu quem cuida dessa parte. Sei que é uma situação difícil, se eu puder fazer alguma coisa por você...

No fim da tarde chega um paciente para o leito em frente, um negro alto e magro, entra assustado, andando, deita, os olhos, muito abertos e vermelhos de choro, fixos no teto. Pouco depois aparece o corretor de imóveis, acompanhado por um velho muito magro, com o tronco e o braço esquerdo engessados, o braço fixo por uma haste e dobrado para cima, numa permanente saudação militar.

– O que foi, companheiro? – pergunta o corretor ao novo colega de quarto.

– Não chora, não – diz o velho. – Fala pra gente... Qual é o teu problema? Vai. Desabafa.

– É... é a clavícula – diz o negro, entre soluços. – Aqui... o encaixe do ombro. O braço não fica no lugar. Quebrei há dois anos, engessei. Não ficou bom. Agora vou ter que operar.

O corretor balança a cabeça:

– Clavícula é fogo, amigão. Quando dá problema, ainda mais aí, junto do ombro, só fazendo implante.

– É – emenda o velho. – O osso da clavícula é poroso, fraco, difícil de consertar. Os médicos costumam abrir assim, desde aqui, na base do pescoço, até o meio do braço, tomando cuidado pra não cortar a jugular, daí tiram todo esse lado da clavícula fora e trocam por outra. Mas não se preocupe, aqui tem um banco de ossos muito bom. Tiram dos que morrem na mesa de operação. Deve ter uma clavícula do tamanho da tua. Se não tiver, arrancam um pedaço do teu fêmur pra emendar. "Melhor sem perna que sem braço", esse é o lema aqui do hospital.

– Só é ruim quando tem rejeição – completa o corretor. – Às vezes infecciona, quando os ossos do defunto não servem no teu corpo, aí tem de operar novamente, às pressas. Tenho um tio que operou a clavícula quatro vezes seguidas, até que deu gangrena, coitado. Foi uma morte feia, o pus subiu pra cabeça. Mas não se grila, não. O que tiver de ser será. Boa sorte, irmão.

E vão embora. O infeliz começa a suar, a tremer, a apertar o lençol com as mãos. De repente seus olhos giram, viram duas bolas brancas encravadas no rosto negro, e Marcos aperta a campainha para chamar a enfermeira. Uma ruiva magrinha aparece, vê o que está acontecendo, sai, volta correndo com o aparelho de pressão, mede, se assusta e enfia um comprimido pela goela do sujeito. Ele vai melhorando, e ela explica:

– Pressão alta. Pronto... 14 por 8... Agora tudo bem.

– Qual é o teu nome? – pergunta Marcos, depois que ela vai embora.

– Gilberto.

– O primeiro dia é o pior, Gilberto. Também passei por isso. Esse papo sobre clavícula, implante, é tudo bobagem. Eles não entendem nada. Esquece. Me diz, como foi que aconteceu?

– Eu tava de moto.

– Eu e esse aí do teu lado também.

– Na garupa de um amigo, descendo a serra de Petrópolis. Ele perdeu o controle, caímos num precipício, em cima de uma árvore. Meu braço ficou preso num galho, e o corpo pendurado. Quebrei aqui no ombro. Engessaram tudo, desde o pescoço até a cintura, e o braço, até o cotovelo.

– Não adiantou?

– O acidente aconteceu um mês antes do carnaval. Eu era destaque da escola de samba, a Império Serrano. Tomei umas caipirinhas, cheirei umas carreiras, achei que já tava bom, mergulhei numa piscina pra amolecer o gesso, arranquei tudo e sambei quatro dias seguidos. Depois começou a doer muito, tentei engessar de novo, mas não ficou legal. Às vezes, o ombro cai e tenho de encaixar. De uns tempos pra cá tem soltado toda hora. Lá no trabalho, espanta os fregueses. Sou cabeleireiro. O médico disse que agora só operando. Mas eu não queria operar. Pele negra forma queloide. Também sou dançarino. Show pra turista, sabe como é? Negro com cicatriz no corpo não consegue trabalhar nesses lugares, acham que a gente é bandido.

Enquanto Gilberto fala, Marcos vai prestando atenção na história dele... e isso afasta a angústia. É o mesmo efeito da fotografia, do amor, dos projetos para o futuro, da cerveja e do baseado. Prestar atenção no outro também desvia a mente do próprio sofrimento? Então a empatia também amplia a percepção e faz sair de onde se está? A solidariedade acalma o desespero de estar vivo? Quantas coisas podem repetir os resultados das drogas, mas sem os efeitos colaterais... Uma boa forma de parar de pensar nos seus próprios problemas é pensar no problema dos outros. Marcos gosta daquilo, quer mais, quer ajudar todo mundo.

Levantaram a cabeceira da cama do motociclista que tinha voltado da cirurgia na véspera, e ele começa a olhar em volta, saindo do mundo da dor. Seu almoço especial chega antes, volta a comer depois dos dias de soro. Marcos o ajuda a levar a colher de purê de abóbora até a boca.

– Moto também, né? – puxa assunto.

– É... a terceira vez. – A voz sai fina, áspera, de dentro do peito engessado.

– Terceira?

– Na primeira, eu tinha acabado de fazer uma pintura personalizada no tanque, uma caveira, em cima de um pôr do sol chocante. Aí derrapei. Mas na queda abracei o tanque. Me dei bem. Me ralei todo, quebrei o braço e uma costela perfurou meu pulmão, mas salvei a pintura. Nem um arranhão.

– E a segunda?

– Maior mico. Um triciclo de padaria veio na minha direção, sabe como é, cheio de pão. Fui pra esquerda, o cara também, virei pra direita, o cara também. A gente acabou batendo de frente. Quebrei a mão e o nariz, e uma ponta de bisnaga quase me furou o olho.

– E agora foi na estrada, né?

– Óleo na pista, irmãozinho, óleo na pista. E a Amélia... preciso saber o que aconteceu...

– Tinha uma mulher na garupa? Ela se machucou muito? Morreu?

– Amélia é a moto.

Interessar-se pelos problemas dos outros funciona; Marcos sente-se melhor. Passa a comer bem e até a usar o banheiro sem porta. Somos todos irmãos etc. Fica sociável. Pergunta pela família da enfermeira que traz o almoço, aprende sobre desfile de carnaval com Gilberto, conversa animadamente com o faxineiro, na varanda, sobre futebol... No fim, o faxineiro pergunta, falando baixo e olhando para os lados:

– Quer biscoito doce?

– Não entendi.

– Biscoito doce. Recheado.

– Recheado?

– Chocolate. Creme. Essas coisas.

Marcos entende. Papo de traficante. O preto e o branco, o feijão e o arroz. Chocolate é maconha, e creme, cocaína. Talvez o pior efeito colateral das drogas seja o convívio com o tráfico, com a falta de leis que geram a violência. A droga está em todo lugar, em cada esquina. Até ali, em um hospital! Ele custa a acreditar, disfarça o espanto para não parecer otário. Faz sentido, um lugar repleto de sofrimento como aquele, com tanta gente necessitando fugir da realidade, deve ser um ótimo mercado para drogas.

– Não tenho dinheiro nenhum – Marcos explica.
– Domingo tem visita. Pede pra te passarem uma grana. Chocolate é dez. Creme é vinte.
– Beleza.
– Se quiser, posso te adiantar um chocolate. Me paga na segunda.
– Tá.
– Dez e meia, lá naquele canto da varanda.
– Tudo bem.
– Não fala pra ninguém.
– Claro.

E o faxineiro continua a varrer e a assoviar.

Há cadeiras de madeira na varanda, pintadas de branco. Um homem senta ao lado de Marcos e ele logo puxa assunto, está viciado no problema dos outros. O apelido do homem é Popeye, um cearense baixinho, com enormes caroços nos joelhos, uma deformidade que não para de crescer e o obriga a andar o dia inteiro, de lá para cá, na varanda, no corredor, de manhã à noite, para ativar a circulação e não perder totalmente os movimentos. Um senhor às vezes o acompanha nas caminhadas, de muletas, com a perna esquerda um palmo mais curta que a outra. Popeye diz que é porque estão tirando pedaços da tíbia dele, na tentativa de controlar uma infecção óssea.

Se Marcos está procurando se ligar nos dramas alheios para desviar a atenção do seu, aquele é o lugar certo. A todo momento, o elevador se abre para fazer entrar mais uma tragédia. Os polifraturados são os piores, tubos saindo da garganta, lençóis empapados de sangue, urina escura pingando em bolsas plásticas, cercados de soros e balões de oxigênio.

A noite cai, ele volta ao leito 23, espera a janta, come com apetite. Fica pensando no traficante, lá no canto da varanda. Biscoito de chocolate. Um pouco de maconha? Será? Talvez não faça mal. Um sedativo, um meio para viajar para longe dali. Mas e depois? Quando o efeito passar? Na certa afundará numa depressão braba. E biscoito de creme? Cocaína? Nem pensar. Essa com certeza traria alívio imediato, mas depois a depressão seria ainda pior, fulminante, funesta. Tudo que ele não precisa agora é de uma crise de ansiedade. A síndrome do pânico está sempre ali por perto, pronta para atacar a qualquer momento. Cheirar cocaína seria abrir a porta e convidar o pânico para entrar e ficar à vontade e acabar com o restinho de sanidade que ele guarda com tanta cautela. Melhor ficar quieto. Ou não? Pode guardar um pouco de maconha, para o caso de ter uma crise e precisar de alguma coisa que realmente mude sua percepção, leve sua mente para um passeio e... Não, não, ele agora tem raiva de tudo aquilo, está ali, com risco de perder uma perna, por causa dessas coisas... Bom, mas não precisa usar, esconde embaixo do colchão e... Não! De jeito nenhum. Mas o faxineiro vai achar que Marcos é bobão, careta, vai contar pra galera. Pode pegar e guardar... Não, vai acabar fumando. Não! Mas, e se...

22h30. O corretor de imóveis sai da cama lentamente, vai até a porta, olha para os dois lados do corredor já escuro e, silencioso, volta para perto de Marcos.

– Se algum enfermeiro entrar, você diz que eu fui ao banheiro.

– Onde você vai?

– Hoje é dia de biscoito doce, camarada! Vou descolar um de creme!

O corretor tem a expressão feliz de um menino que sabe que vai ganhar uma bola nova. Vai até a porta envidraçada, abre com cuidado, sem fazer barulho, dobra à esquerda na varanda e some na escuridão. Agora Marcos entende por que o corretor de imóveis é tão agitado. Cheira cocaína. Foi a maneira que ele encontrou de suportar o que está acontecendo, se entorpecer, desviar a atenção, esquecer que pode perder o pé. Não é para ser julgado e condenado. É para ser ajudado.

Marcos fica no leito, olhando para o teto, o sono muito, muito distante, pensando em como a droga está presente em lugares que as pessoas precisam de uma fuga mental. Por isso ela aparece em todos os cantos da cidade grande, até na ala de acidentados de um hospital.

Vê o corretor voltando, fechando a porta de vidro, sempre em silêncio, segurando um pequeno volume escondido embaixo da camisa do hospital, o rosto sorridente, entrando embaixo do lençol, as mãos tentando abrir alguma coisa com movimentos frenéticos, escuta o papel sendo rasgado, a respiração ofegante, o gemido de prazer, a calma, novo gemido de prazer, calma novamente, e então a cabeça do corretor sai do lençol e pergunta, muito baixinho:

– Quer uma presença? É creme.

E lhe estende a mão, na semiescuridão.

Marcos vê aquela mão fechada estendida, oferecendo uma saída instantânea para a dor, e hesita. Aceita, sem pensar nas consequências? Recusa, pensando nas consequências? É esse, no fundo, o dilema das drogas. Pensar ou não nas consequências. Se não houvesse consequências, seria uma maravilha. Mas há, e são terríveis. Abismos sem volta, depressões inimagináveis, vidas estragadas. Uma onda de cocaína ali? Seria um horror depois. O viciado perde a noção de futuro. Marcos não. Mas não quer parecer otário, careta, então levanta e pega o que o corretor lhe oferece:

– Valeu. Domingo te pago. Minha irmã vai trazer uma grana.
– Que é isso, irmão? Presença é presença.

Marcos vai fingir que cheira. Já fez isso muitas vezes com maconha. Fumar, mas não tragar. É uma forma de não fumar e não parecer careta. Mas está sentindo alguma coisa estranha na mão. Só quando volta a deitar descobre que está segurando mesmo um biscoito recheado de creme.

Se esforça para não rir. É proibido trazer comida para dentro do hospital. A proibição intensifica o desejo. Marcos morde, aos pedacinhos, mastiga lentamente, é o biscoito mais gostoso que comeu na vida. Imagina o faxineiro, organizado, passando os pacotinhos, no canto mais escuro da varanda, os acidentados em fila, todos em silêncio, olhando para os lados, pedindo, escondendo.

Dois de creme e três de chocolate.
– Dez. De chocolate.
– Três de creme.
Uma boca de biscoito doce.

7
COM PERNA ATÉ SEXTA

TANTO ESFORÇO PARA MANTER o ânimo rodando que Marcos às vezes fica sem combustível, prestes a parar, então corre para a varanda, senta em uma das cadeiras brancas e se reabastece olhando a copa da mangueira florida. É ali que ele segue o conselho do fotógrafo Sebastião Salgado e exercita a impressão de estar vendo o mundo pela primeira vez. A rotina de viver embrutece a percepção, isso gera indiferença, a pessoa vai entregando tudo o que vem da realidade para a memória, sem prestar atenção, e a memória arruma tudo em gavetas e fecha, e a pessoa pensa que está vivendo, mas está apenas existindo. Um fotógrafo deve ter olhar de criança. Deve manter a capacidade de se surpreender, de encontrar estímulos que não se encaixem em nenhuma memória, isso que chamam de novidade. A realidade em volta do fotógrafo tem de vibrar como nos tempos da infância. Talvez todas as pessoas persigam isso. Talvez por isso se droguem, se apaixonem, criem deuses, façam arte. Tornar o mundo interessante de novo, como era antes. Isso deve ser necessário para todo mundo, mas para o fotógrafo é essencial, é a primeira condição para fazer sua arte. Ele tem de amar a realidade. Mas e quando a realidade é horrorosa e ele não quer ver? Naquele hospital, para sobreviver, Marcos mergulha na beleza da copa florida da mangueira, procura a cada dia detalhes diferentes, flores novas, folhas que caem e flutuam ao vento, pássaros, borboletas, tons de verde, beija-flores, formatos de galhos, reflexos de sol, e descobre que a necessidade de escapar de onde está lhe dá um grande poder de concentração, e ele consegue abrir parênteses no tempo e ficar dentro deles, junto com toda a copa florida da mangueira.

Seu velho mundo se partiu, como no sonho de que acaba de sair essa manhã, isolado, esquartejado, e volta a esse novo mundo aos pedaços, fraturado. O Sol nasce, e ele ainda tem as duas pernas, Gilberto chora baixinho na cama, o corretor ronca, o motociclista geme, aos poucos os pequenos ruídos do corredor vão espantando o silêncio. A qualquer momento a vida vai entrar pela porta da esquerda, e ele sente uma vontade muito forte de chorar, como o dançarino, mas não consegue, não se permite. Queria não estar ali, queria não ter bebido e fumado maconha naquela noite, não ter ultrapassado o carro, queria reverter o tempo, ter uma segunda chance, como os fotons, queria que o dr. Calçado entrasse e dissesse que as radiografias tinham sido trocadas, que na verdade ele nem havia quebrado a perna, foi tudo um engano.

Depois do café, Marcos vai para a varanda assistir ao estranho espetáculo das manhãs de sol, todos aqueles corpos tristes e avariados, engessados, atravessados por pinos e arames, como um balneário na guerra. Ele passeia, tirando fotos mentais, documentando o começo do dia num hospital de traumato-ortopedia. O de braço esquerdo partido empurra com o direito a cadeira de rodas para que o de perna quebrada abra a porta. O de perna engessada ajuda o de tronco engessado a se erguer do leito. Dois homens fortes, com os pés direitos em botas ortopédicas, levam nos braços para tomar sol um velho sem pernas. Solidariedade sacana, que não impede que um braço livre arrie a bermuda do que tem os dois braços atravessados por hastes de aço. Um homem com o peito e o braço esquerdo engessado e uma garrafa plástica de soro pendurada no pescoço caminha ao lado da cadeira de rodas do outro, que recebe o soro enquanto passeia na varanda. Ali é preciso juntar os pedaços bons para fazer um homem inteiro.

E, quando ocupam as cadeiras para tomar sol, começam as conversas malucas.

– No nosso carro ia um pastor evangélico – conta o japonês com as duas pernas quebradas. – Quando a gente bateu na Kombi e capotou, ele saiu pelo porta-malas, sem um arranhão, e arranjou socorro. O pessoal da Kombi ficou mal. Um morreu ali mesmo. O resto foi pro pronto-socorro junto comigo. Um deles tava todo ensanguentado e sem um braço. O tal pastor voltou ao local do acidente atrás do braço do sujeito, porque às vezes dá pra implantar. Procurou a noite toda, pediu até pra polícia bloquear o trânsito na estrada. Quando voltou ao hospital, o cara disse que não, já não tinha braço mesmo, tinha perdido em outro acidente, três anos atrás.

O homem muito alto e magro, engessado do quadril aos sovacos, como se estivesse entalado numa tubulação de esgoto, conta:

– Conheci um paraquedista treinado pra ter reflexos rápidos. Ele tava dentro daquele ônibus que caiu do viaduto uns dois anos atrás, lembram? Antes que o ônibus despencasse lá de cima, o cara foi capaz de abrir a janela de emergência e pular pro viaduto, abraçado com o assento de espuma do banco, pra amortecer a queda. Mas um caminhão passou por cima dele. Foi o único que morreu.

O de mãos engessadas, como luvas duras, fala sobre um professor de psiquiatria baiano que dava aula de lobotomia usando um coco. Surge uma longa discussão sobre a maneira como os povos da idade da pedra, não tendo facas, tiravam as escamas dos peixes. A opinião geral é que comiam com escama e tudo, mas o senhor esverdeado, de braço amputado na altura do ombro, garante que eles faziam longos currais estreitos, com galhos cheios de espinhos, e colocavam dentro dos rios, aí os peixes passavam e saíam do outro lado sem escamas. O rapaz baixo, com arames e hastes saindo do braço direito, como se carregasse um trompete, discorda.

– Se o peixe passa de frente, as escamas não soltam.

– Então tá – rebate o esverdeado. – Os currais são fechados. O peixe entra e entala. Aí puxavam ele pelo rabo.

– Esse negócio de curral é maluquice. Você não quer é dar o braço a torcer.

Aí o rapaz percebe o que acaba de dizer para um homem sem braço e todos começam a rir, até que o velho corcunda, com infecção óssea na coluna, garante ser possível acabar com a umidade em uma casa utilizando arroz.

– Pra que gastar dinheiro com desumidificador? É só espalhar arroz pela casa. Não funciona no saleiro?

O rapaz com o capacete de gesso e os pinos no pescoço, que os outros chamam de Frank, de Frankenstein, conta uma piada:

– A enfermeira chega e diz pro médico: "Doutor, o senhor tá escrevendo com o supositório". Ele diz: "Ô diabos, onde é que eu enfiei a caneta?".

Depois do almoço, com a porta para o corredor escancarada, Marcos vê um enfermeiro passar assoviando, levando um saco de plástico preto sobre a maca.

– É uma fábrica de presunto – comenta o corretor.

No fim da tarde, uma novidade inesperada: a mãe do Gilberto subornou um funcionário, que traz uma TV para o dançarino, embrulhada numa toalha, de LCD, pequena e fina, só 14 polegadas, mas é um sucesso. Naquele hospital não há TVs porque com elas não se consegue respeitar o silêncio depois das 22h. Quando Gilberto a pega, o braço desencaixa do ombro e fica pendurado, mole, preso apenas pela carne, uma coisa invertebrada feia de se ver, mas ele tem prática, põe de volta no lugar, com a outra mão, como se estivesse colocando o telefone no gancho do orelhão.

A notícia corre. Vão ligar às 22h30. Pacientes de outros quartos vêm assistir. Fecham a porta que dá para o corredor. Colocam a TV sobre a mesinha de cabeceira do corretor de imóveis, mas a imagem fica horrível. Mexem na antena, nada; fazem uma extensão da antena com um pedaço de arame tirado do estrado da cama de Marcos, melhora, mas ainda está ruim, arrastam a mesinha por todo o quarto, não tem jeito, chuviscos, fantasmas, às vezes sai do ar completamente. Marcos sugere, brincando, amarrar o arame ao braço do rapaz com hastes, arames e parafusos, o que parece estar sempre carregando um trompete. Dá certo! A imagem fica ótima. Assistem a um noticiário, um pedaço de filme, o final de um jogo de basquete e desligam, com medo de serem descobertos, e todos voltam para os seus leitos em silêncio. Gilberto esconde a TV no armário de aço.

Na noite seguinte, o enfermeiro entra empurrando o carrinho com os bandejões e distribui a janta, ensopado de frango, mas, para o corretor, só uma sopa. Ele olha para tigela com um ar apavorado, começa a suar e tremer.

– Tem algum bicho aí dentro? – pergunta Marcos.
– Vai ser amanhã.
– O quê?
– Vão me operar amanhã.
– Como é que sabe?
– A sopa.

No silêncio do quarto, Marcos ouve o corretor tomar aquele caldo grosso, cor de abóbora. Podia ter sido ele, o dia seguinte era uma sexta-feira, dia de membros inferiores. Depois o corretor mergulha sob o lençol e fica acendendo e apagando a luz do seu relógio. Gilberto olha para o teto, apático, o desespero saindo pelos olhos. Hoje não vai ter TV. Não tem clima. O motociclista admira as próprias mãos. Então Romário e o velho da continência militar permanente entram para falar com o corretor.

– Vim saber se a sopinha tava gostosa – diz Romário.
– Sabe pra que a sopa? – indaga o velho. – É pro teu intestino não estar cheio amanhã. Senão, durante a operação, você se borra todo. Imagina que infecção.
– Mas não se preocupa, não. Eles botam laxante nela. Você vai ficar indo ao banheiro a noite toda – avisa Romário.
– Deixa de ser frouxo. – O motociclista entra no assunto. – Não dói nada. É só uma agulha desse tamanho enfiada na espinha, depois você apaga e pronto, de repente nem acorda.

No dia seguinte, bem cedo, os alto-falantes do corredor começam a chamar pelo anestesista: "Por favor, dr. Tanaka. Apresente-se na sala de cirurgia. Dr. Tanaka, apresente-se na sala de cirurgia".

— Ele vai te anestesiar na base do caratê — diz Gilberto ao corretor.

— Deve estar no botequim tomando umas canas — comenta o motociclista. — Ele precisa beber pra mão parar de tremer.

— Não se preocupe. Os médicos japoneses são os melhores — Marcos anima o vizinho. — O maior especialista mundial em hemorroidas é japonês: dr. Kuki Shai Shang.

Estão tomando café quando o levam. A maca sai, é engolida pelo trânsito do corredor, empurrada por um enfermeiro muito forte e vesgo. Marcos não toma sol na varanda. O pavor volta. A certeza de mais uma semana inteira ali. Até a próxima sexta. Talvez a última semana de sua vida com a perna direita. Cria coragem e vai à recepção perguntar à enfermeira-chefe, para confirmar. Ela verifica:

— Seu nome tá na lista, mas não sei dizer pra quando é, não.

— Assim não dá.

— Meu amor, isto é um hospital público, você não paga pela internação, não vai gastar com prótese nem com cirurgião. Três refeições por dia, servidas na cama, com roupa lavada. Até eu queria. Tá reclamando de quê? Tem gente aqui há mais de quatro meses.

Marcos volta para o leito 23 arrasado, em pânico, confuso. Então pode nem ser sexta que vem? Tenta ser um sujeito durão. Não chora. Não chorou nem uma vez desde a noite do acidente, mas tem medo de desmoronar a qualquer momento. Tem medo de que a situação caia em cima dele e o esmague. Ele nem consegue almoçar. No meio da tarde, o corretor de imóveis volta grogue do CTI[*], ainda saindo da anestesia. Dois

---
[*] Centro de Tratamento Intensivo. O mesmo que UTI (Unidade de Tratamento Intensivo).

enfermeiros o põem de volta na cama, com o soro espetado no braço direito. Logo depois chega Romário.

– E aí, companheiro? Deu tudo certo?
– Deu. Tiraram... a bala. O pé vai ficar bom. Tudo bem. Vou... matar o cara. Quando sair daqui vou matar... o cara.
– Cê sabe o que eu vim fazer, não sabe, sangue bom?
– Sei. Tudo bem.
– Não leva a mal, não. Mas tem de ser feito. Já virou uma tradição aqui do hospital. Dá sorte.
– Manda ver.

Romário peida e vai embora.

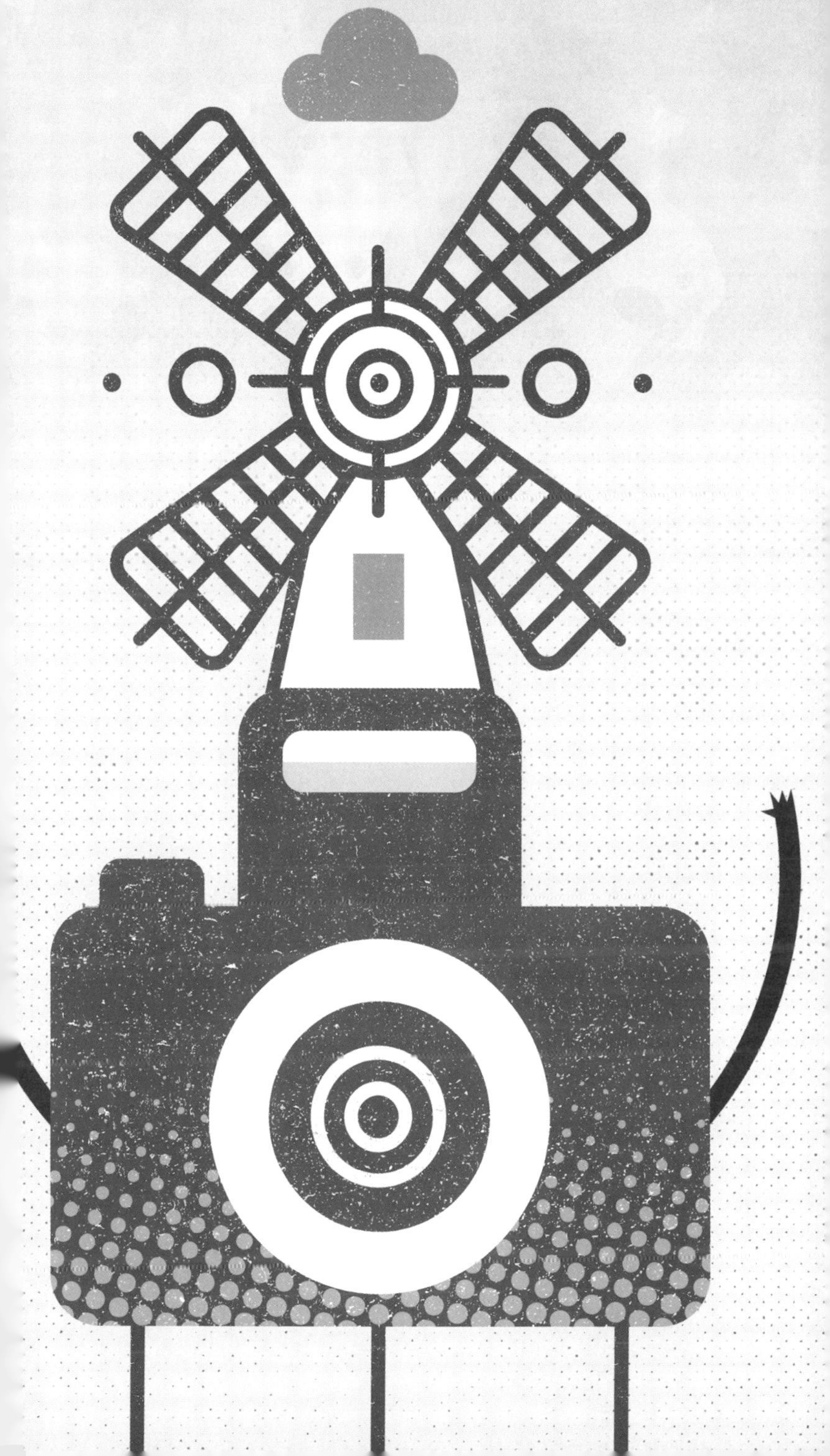

8
POPEYE E OLÍVIA PALITO

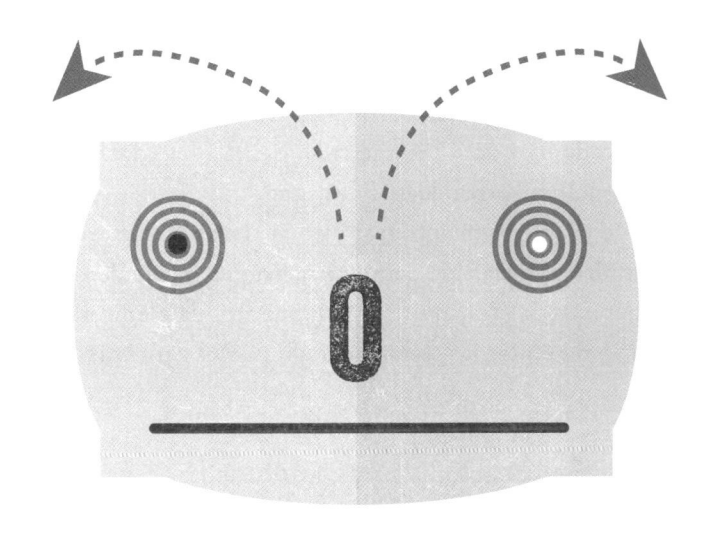

DEPOIS DA MORTE DOS PAIS, muitas vezes Marcos sentiu uma pata de elefante o esmagando, uma pressão achatando seu peito, e tudo em volta, tudo o que não era ele, mesmo estando lá, virava um vazio infinito, um vazio total, a única coisa que existia era ele sentindo aquela pressão da pata de elefante e ficava apavorado, com muito medo mesmo, principalmente à noite. Aos poucos descobriu que aquilo que o apavorava era também sua salvação, porque o vazio sempre estava lá, o tempo todo, em volta dele, e, se não fosse aquela pata de elefante, era capaz de o seu corpo se desfazer, explodir em mil pedaços e se perder naquele infinito assustador e absurdo e se tornar vazio também. Agora, com o travesseiro sobre a cabeça para tentar não ouvir os gemidos do corretor, volta a sentir a pata de elefante sobre seu peito.

Memórias corporais tão distantes são difíceis de alcançar, mas estão vindo a ele, talvez pelo medo de se desfazer, quanto mais o momento da operação se aproxima. As coisas escapam, correm para o vazio, ele tenta se pendurar no nada, só há a pata do elefante. Ele acha que tem medo dela, mas é o contrário, o medo vem antes, aí a pata do elefante chega para apertá-lo dentro dele mesmo, não deixá-lo se desfazer no vazio. É melhor sofrer do que desintegrar.

Se ele já fosse um fotógrafo, se já tivesse deixado obras pelo caminho, teria tido com que vencer a tirania do tempo, defender o eu das fraturas, teria momentos de plenitude preservados, de epifanias, teria deixado pistas para trás, pegadas, para marcar o caminho percorrido, para que, quando a coisa ficasse feia, pudesse voltar para a origem, guiando-se por elas, como uma linha para sair do labirinto, para se reconstruir. Por isso as pessoas que vão deixando obras pelo caminho se sentem mais seguras. O vazio não deve meter tanto medo em Sebastião Salgado.

O corretor geme alto demais. A anestesia passou totalmente. A droga que o afastou da realidade, a ponto de permitir que abrissem seu pé com um bisturi e fizessem buracos em seu osso com uma furadeira, agora o deixa sozinho novamente, entregue aos fatos. Drogas são boas para isso, anestesiar, entorpecer, mas o efeito passa e chega o momento em que se tem de enfrentar a realidade de cara limpa, e aí dói. Marcos tira o travesseiro da cabeça e decide ouvir os gemidos, e a dor do corretor acalma a sua. Ali todos vivem a grande Dor, todos esperam a grande Dor, todos a veem chegar para os outros a toda hora, todos se encontram nela. Ela está no futuro. Começa a lembrar das primeiras grandes dores, na infância, da vez em que pisou num ouriço-do-mar, de quando prendeu o dedo na porta, de quando enfiou um marimbondo vivo na boca, da topada que quebrou seu dedão, do ferro de passar roupa que segurou por baixo. Como qualquer um, Marcos vem deixando sua dor sobre a Terra do mesmo jeito que deixa pedaços de unha, cabelo e cuspe. A pessoa deixa sua dor sobre a Terra e não tem recompensa alguma, não recebe cupons para trocar por mais anos de vida nem bilhetes para entrar no paraíso. Mas a dor serve para juntar seus pedaços. Ele só tomou conhecimento da existência da tíbia e da fíbula depois que as partiu. A dor volta a pessoa para dentro, ela é forçada a se descobrir. A recompensa talvez seja o orgulho de saber que aguenta. Se aguentar.

Marcos acaba dormindo.

Pela manhã, assim que abre os olhos e a realidade se impõe, começa a procurar sobreviver a ela. Trata de brincar com o arco-íris que a luz do Sol forma em suas pestanas. Depois treina ver outros mundos, de olhos fechados. Quem precisa de drogas se tem imaginação? Imagina a realidade dos peixes e dos passarinhos, que veem tudo em 360 graus. E as lagartixas, que só enxergam para cima, porque para baixo é sempre parede? Depois Marcos abre os olhos e vigia os movimentos, e alguns ele para e fotografa na mente, abrindo e fechando os olhos, e acaba encantado com as próprias mãos, que fica abrindo e fechando e fotografando até o motociclista perguntar se ele está ficando maluco.

Num lugar como aquele, a realidade depende muito do estado de espírito. É preciso ficar esperto, o sujeito pode passar do paraíso ao inferno muito rápido, só que o paraíso é falso e o inferno é verdadeiro. Para manter a sanidade, Marcos tem de tratar a mente como uma perna fraturada: se parar, atrofia; se mexer demais, não cola; se não limpar, infecciona. Não pode se entregar. O perigo ali é o descanso, ficar no leito olhando para o teto e pensando no futuro, na dor, na sala de cirurgia lá no fim do corredor, na amputação.

Respira fundo. Leu numa revista que isso acalma. Mas o efeito é contrário: tem uma tremenda crise de ansiedade, porque se dá conta de que terá de respirar pelo resto da vida e isso parece uma tarefa insana! Trata desesperadamente de pensar em outra coisa, qualquer coisa. Então lhe vem a ideia de criar uma religião nova, em que Deus seja líquido, assim poderá preencher todos os espaços, sem forçar a barra, se adaptando às formas, e não fazendo as formas se adaptarem a ele. E do nada surge em sua mente a imagem da ambulância que viu no dia anterior estacionada no pátio com a palavra "ambulância" escrita de trás para a frente e fecha os olhos e tenta encontrar explicações: é para confundir mesmo, o pintor de letras errou, fizeram assim uma vez e a moda pegou. Não, é para ser lida através do espelho retrovisor do carro da frente, para os motoristas darem passagem às ambulâncias. Como o ser humano é inteligente para certas coisas. Quando Marcos tiver um carro, escreverá no capô: "atseb aus asserp moc uotse euq etnerf ad iaS". Inverter palavras o diverte, faz o tempo passar e tira sua mente dali, e ele fica de olhos fechados invertendo palavras, apontando com o dedo indicador para o ar, para uma lousa imaginária, para não se perder, até o motociclista perguntar novamente se ele está ficando doido, e aí Marcos para e conclui que todos os humanos são extraterrestres porque não estão dentro da terra, terrestre de verdade são a cenoura e o aipim. Na sua religião, o Deus-líquido terá de pensar também nos seres de outros planetas, então faz um mandamento: "Só ficam obrigados a dar a outra face ao tapa aqueles que tiverem duas cabeças ou mais".

Depois do café não sente forças nem para ir tomar sol e fica olhando fixo para a maçaneta da porta de vidro. Ela está polida pela gordura de infinitas mãos e tem um brilho opaco.

Ele a fotografa. Um estudo sobre as variações da luz na maçaneta. Fica olhando tanto tempo para ela que acaba envesgando e é obrigado a desviar a atenção para a luminária do teto, que durante segundos se torna duas, e imagina que, se ele, seu filho e seu neto ficassem por toda a vida olhando fixo para uma maçaneta, e a humanidade toda fizesse isso também, então as gerações seguintes nasceriam com essa característica adquirida, todo mundo seria vesgo. Seria difícil convencer todas as pessoas do mundo a passar a vida só olhando para uma maçaneta, mas em compensação daí em diante a realidade humana ficaria duplicada, e todos teriam sempre no mínimo duas pernas, mesmo que uma fosse amputada. E então Marcos sente um nó na garganta e cobre os olhos com o braço direito, para disfarçar. Mas acaba não chorando. Não consegue.

O motociclista tem razão, Marcos está ficando doido. Ele levanta, vai ao banheiro, defeca, nem lembra mais o que é uma porta, depois passeia pelo corredor. Aquele dia é um sábado. Nos fins de semana não fazem cirurgias, e o número de médicos, enfermeiros e faxineiros diminui bastante. Comparando com os dias úteis, o lugar se torna quase agradável. Uma enfermeira bonitinha lhe dá atenção, e por ela Marcos descobre que não é o dr. Calçado que opera, ele fica só olhando. O cirurgião de membros inferiores é aquele líder do bando de gaivotas. Aquilo ali é tipo hospital-escola, os cirurgiões de fato são os professores, velhos famosos.

A enfermeira se afasta com um sorriso lindo, desejando boa sorte. É morena, magrinha, usa rabo de cavalo e tem o rosto redondo e o pescoço comprido, parece a Olívia Palito, e então Marcos vê Popeye, como sempre andando de um lado para o outro do corredor, exercitando seus grandes caroços nos joelhos. Marcos puxa conversa, ouviu falar que ele é o paciente que está há mais tempo ali.

— Tem alguma coisa estranha aqui, Popeye. Uns chegam e são operados logo, sem ser emergência. Outros ficam meses esperando. Qual é o esquema?

— Quer saber mesmo? Tudo bem. Vem comigo.

Eles vão até o canto isolado da varanda, onde certas noites rola o tráfico de biscoitos recheados, e Popeye explica:

— A jogada é que isso aqui foi dominado por uma máfia de médicos, meu irmão. Olha, não espalha. Os leitos são loteados entre eles, cada um com seus leitos, sacou? E eles precisam manter pacientes neles. Se o leito ficar vazio muito tempo, outro médico pode pegar.

— O meu é do Calçado, então?

— Sei quem é. Tem uma clínica de bacana.

— Mas a gente ocupa os leitos, come, dá despesa... O que é que eles ganham segurando os leitos pra eles?

— Muito, meu irmão. Ganham muito. O governo manda uma grana violenta pra cá. Eles desviam verba, superfaturam compra de material, roubam equipamento. Já levaram até um tomógrafo. Desviam próteses.

— Desvio de prótese?

— Levam as próteses que o governo manda pra cá e vendem pros seus clientes particulares. Tem prótese que custa uma grana, meu camarada. Tem uma de joelho, toda articulada, que vale o preço de um apartamento de três quartos no Grajaú.

— Então eu tô aqui servindo pra guardar o leito do Calçado.

— É mais ou menos isso. O esquema deles bagunça as datas das cirurgias. Dependendo da jogada, uns passam na frente dos outros. Só eles entendem o que rola. Minha infecção estacionou com os antibióticos e com os exercícios, e agora não sabem o que fazer comigo, não podem operar, então vão me usando pra segurar o leito 47. Tudo bem. Eu tava desempregado, dando despesa pro meu pai. É mais fácil ficar andando o dia todo por aqui do que batalhar serviço lá fora, não é não? E quem ia me dar serviço com esses dois caroços?

– Mas você não quer ficar bom? Sair daqui?

– É claro que eu quero, mas aí tem o outro lado da questão... Apesar de tudo, aqui é o melhor lugar para fazer cirurgia ortopédica do Rio de Janeiro. Tem todo tipo de material, o CTI é ótimo, os médicos são feras... Hospital particular é tudo muito bonitinho, cheio de conforto, mas na hora H, se o bicho pega, o sujeito pode se estrepar. Aqui tá cheio de gente que vem se curar das barbeiragens que são feitas nas clínicas particulares.

– Acho que foi o meu caso.

– Então eu vou ficando, sangue bom. Ah, sem falar no mais importante, as próteses são de graça.

Popeye continua a caminhar, e Marcos fica no canto da varanda. Vê a copa da mangueira florida. Vê o rapaz com as duas pernas quebradas se arrastar na cadeira de rodas até a amurada e jogar um bilhete de amor amassado para a namorada, na ala de baixo, vítima do mesmo acidente. Vê os gatos dormindo nos capôs quentes dos carros lá embaixo. Vê os mendigos tomando cachaça na calçada dos fundos e inveja suas pernas bêbadas. Vê o bando de pombas se aninhando nos buracos dos aparelhos de ar condicionado e as andorinhas fazendo fila no cabo do telefone que sai da recepção. Uma enorme borboleta-azul voa pelo pátio e parece estar desperdiçando sua beleza naquele lugar. Vê o reflexo do Sol nas janelas do prédio em frente. Então o velho chega, rodando os pneus de sua cadeira.

– Venho aqui todo dia a essa hora – diz ele.

– Ver as andorinhas… os gatos…? – Marcos pergunta.
– Não. Gosto de olhar aquele prédio lá no fundo – aponta.
– É, o reflexo do Sol nas janelas é bonito.
– Que reflexo? É lá que ficam os doentes terminais de câncer.
– Por que você gosta de olhar?
– É bom saber que tem gente pior que eu.

Ficam em silêncio. Marcos olha para baixo. Quantos já não devem ter pensado em se jogar?

– Tem um fósforo? – o velho pede.
– O cara do leito 54 tem um isqueiro.
– Não. É pra palitar os dentes. Não dão palitos nessa porcaria. Nem fio dental. Será que acham que a gente vai se matar com um palito? Ou se enforcar com fio dental?

3

9
O GIRASSOL DE VAN GOGH

MARCOS VOLTA PARA O LEITO, perdido e revoltado, zonzo como um passarinho que caiu numa arapuca. Se o tal dr. Calçado aparecesse naquele momento daria um murro nele, quebraria aquela cara estúpida. E aí? Iam desviar uma prótese de maxilar? Então ele está ali para guardar o leito onde está deitado? Isso pode custar sua perna? E os outros? Os médicos estão negociando com a dor? E roubam próteses? Ele ficará ali, vagando pela enfermaria, semanas, meses, como Popeye e Romário e tantos outros, esperando, esperando, até que interesses escusos… Não! Ele vai denunciar o esquema! Mas primeiro precisa de provas. Os outros acidentados vão querer testemunhar? Difícil. Muitos não devem ter plano de saúde nem como pagar pelas próteses; eles não têm alternativa, não têm como fazer a cirurgia em outro lugar.

Marcos se lembra dos dramas na recepção. Os que conseguem entrar dão graças a Deus. *Querem* ser operados ali. Não se incomodam tanto assim em esperar. Na verdade o esquema funciona porque ninguém denuncia. Marcos pode ser o primeiro a fazer isso. Se tivesse a câmera podia fazer um dossiê fotográfico, colocar nos jornais... Mas ele não tem forças nem para comer o almoço que acaba de chegar. Está sozinho. Completamente só. O mundo é estranho e hostil, e ninguém pode ajudá-lo. As pessoas não valem nada. Só fazem o mal. Ele sucumbe a uma depressão avassaladora. Nem sabe mais quando será operado. Um vacilo o jogou naquele abismo. Começa a lutar desesperadamente para sair daquilo. É perto da morte demais. É insuportável. Então se joga para fora.

Não há nada a fazer a não ser olhar para fora, sempre pode olhar para fora e desconstruir cada detalhe daquela enfermaria, e é capaz de se imaginar ali assim, por toda a eternidade, só olhando e fotografando na mente, só vendo o que ninguém mais vê, até perder a forma humana, nem ser mais "Marcos", ganhar uma percepção diferente. Talvez sobreviver àquele inferno de dores e dramas pessoais e alheios o esteja empurrando a um estado de consciência capaz de reconhecer a essência das coisas, de tudo. O sofrimento e a angústia estão produzindo uma morfina interna, desviando sua atenção para o lado de fora, fazendo-o esquecer dos erros do passado e das possibilidades funestas do futuro. Perder a perna. Alguma substância química terá de vir em seu socorro, para que ele possa aceitar a amputação sem querer morrer. A natureza deve prever essas situações. Marcos não precisará de drogas externas, seu próprio corpo produzirá esse consolo. Mas esses pensamentos estão meio religiosos, consolo que vem de dentro parece muito com Deus. Levanta e anda até a varanda. Agora, ao ficar no leito, parece estar trabalhando para o bandido do Calçado. Como vai poder olhar novamente para a cara daquele monstro?

Está se sentido meio doidão. Vê a mangueira e de repente reencontra o contato ingênuo com o mundo. Aquela é a primeira árvore que ele vê na vida, aqueles são os primeiros pássaros! Como ela vai progredindo, dos galhos grossos, rijos e maduros até os galhinhos finos e jovens que dançam ao vento, felizes por estarem vivos, todos fazendo parte daquela coisa formidável que é ser uma árvore, com toda aquela parte misteriosa enterrada, a copa sem folhas das raízes, um ser sábio e grandioso que mesmo assim se curva ao vento, e se desprende das folhas sem drama, e recebe com gentileza os voos rasantes dos beija-flores e os ninhos dos pardais.

É a primeira mangueira que *vê* na vida. Marcos tem certeza de que, se tivesse uma máquina, teria passado aquela emoção para uma foto, teria fotografado a essência da mangueira! Então passa da depressão à euforia, porque descobre sua vocação: quer ser um caçador de essências. Está aprendendo a técnica ali no hospital. Suspender todos os seus pensamentos sobre as coisas, todas as suas opiniões, todas as suas afirmações, todas as suas atitudes. Tirar toda a reflexão de cima da realidade, parar de construir a realidade, não ver a geografia, ver só a paisagem, limpar o mundo de todas as intenções criadas por um sujeito chamado Marcos, tirar a coerência que cerca Marcos... e então fotografar! Captar a essência dos objetos.

A realidade é construída de acordo com os estados de consciência, é por isso que uma diarreia pode estragar um dia feliz, do mesmo modo que um projeto pode tirar a pessoa do inferno. Como todo mundo, Marcos constrói a realidade com o que aprendeu e, com isso, sente o que todos sentem, se condena ao senso comum, à imitação, e ajuda a formar o mundo como ele é. O sofrimento, a fratura e a solidão agora estão estilhaçando esse senso comum. A dor e o desespero estão agindo como uma droga poderosa, como a heroína, o ácido lisérgico, os cogumelos alucinógenos. Marcos está vendo outra realidade! Uma realidade só sua! Não é delírio nem alucinação. Existem outras realidades, camadas e camadas de realidades, a realidade é uma cebola. Ela depende da percepção, muda a percepção, muda a realidade. As pessoas procuram isso instintivamente quando sofrem: mudar a realidade. A mente precisa sair de onde o corpo está. Algumas, ainda instintivamente, procuram as drogas. Podem também procurar Deus, ou a paixão, ou a compaixão, ou o conhecimento, ou a cultura. Ou viajar de verdade, levar o corpo para passear. Marcos vai procurar a arte. Procurar a droga para ver outras realidades é perder mais do que ganhar. Ele está sentindo que o sofrimento, a dor, a angústia, a doença, a fratura também mudam a percepção, fazem ver outras realidades, as essências. Mas ninguém vai querer sofrer ou ficar doente para isso. Então por que injetar heroína na própria veia e se arriscar ao sofrimento terrível do vício para mudar a percepção? Não é o mesmo que querer adoecer, que quebrar a própria perna? Marcos quer viver! Quer ver outras realidades, mas com vigor, com saúde. Com liberdade, sem dependências. Olha a copa da mangueira e compreende o que Van Gogh sentiu diante dos girassóis.

Vê da janela um dos acidentados sair. Do prédio. Um atropelado que teve alta depois de quatro meses de cama e cinco operações. Vê quando ele cruza o portão da rua e como olha tudo com perplexidade e admiração. Vê quando ele se volta e vê o prédio do hospital, e Marcos na varanda olhando para ele, e os olhares se cruzam. Ele acena para Marcos lá de baixo, acena com a muleta, seu rosto é o de uma criança, ele está ganhando a vida, está recebendo, como recompensa por uma grande Dor, uma realidade novinha, um brinquedo de aniversário, uma fantasia de super-herói, tudo é novo para ele, está mergulhado na essência. Marcos também sairá dali com uma percepção nova, pronto para inaugurar uma vida diferente.

Com perna ou sem perna. Vai aprender a andar novamente. Aquela dor mudou sua percepção. Aquela dor é uma droga.

    Volta para o leito 23, deita, olha para o teto. A depressão virou decisão. Vai deixar obras, fotos, como pedaços de passado, pedras do alicerce que sustentará a memória daquela decisão. Vai mudar sua percepção, sem drogas. Vai fazer a essência das coisas se esfregar nele como um gato com fome. Vai fotografar o mundo que existe antes da sua consciência. Vai aprender a colocar o senso comum entre parênteses. Suspender seus julgamentos. Permanecer ativo e cheio de energia, com sua máquina fotográfica, no meio de uma realidade desfeita. É isto que Marcos quer: não ter medo da loucura, ser um observador original, ver o que ninguém vê, retratar a essência das coisas. Poder, por exemplo, contemplar aquela tomada de eletricidade ali ao lado com a única preocupação de vê-la existir, despida de qualquer função, e então descobrir a tomada essencial, o molde de todas as tomadas que existem no planeta. Poder olhar todas as coisas daquela maneira é ganhar um mundo novo cada vez que se acorda. É nascer a cada dia. Se Marcos a fotografasse agora, com aquele estado de espírito, ia conseguir captar a essência da tomada. São infinitos o número e a qualidade de associações que se pode fazer a partir de uma tomada quando se consegue desaprender tudo sobre ela. Isso se chama criatividade, o que faz de algumas pessoas artistas. A observação original, que ninguém teve antes.

    – Tá louco, cara? – repete o motociclista. – Para de olhar pra parede.

10
NEM TUDO É ORÉGANO

MARCOS VAI AO BANHEIRO. O movimento ali está intenso, e começou mais cedo. Todos tomando banho, fazendo a barba, se perfumando, vestindo uniforme limpo.

O dia das visitas.

Ele só lava o rosto e volta para o leito 23. Não quer receber visita. Quer ficar quieto e sozinho, apenas esperar mais cinco dias, ameaçar o salafrário do Calçado, fazer a cirurgia, sair dali. Vai usar o que sabe contra ele para exigir ser operado e, quando sair, irá aos jornais. Mas sua irmã virá, com certeza, e ele vai se esforçar para deixá-la tranquila, esconder o que sente. Será muito difícil, porque justo hoje ele acordou péssimo, está tendo uma crise de ansiedade insuportável, desde que acordou mergulhado num estado de angústia asfixiante, não quer ver ninguém.

Tenta parar de pensar, desviar a atenção, mudar o foco, mas dessa vez é impossível, fica ainda mais apavorado, paralisado pela constatação de que não consegue parar de pensar, o processo mental funciona sem controle, depois estende essa ansiedade ao ato de respirar, às batidas do coração e por aí afora. Terá de fazer todas essas coisas pelo resto da vida. Que sentido tem isso? O corpo e seus movimentos involuntários, e a impressão de que a vida não lhe pertence, não pode ser mantida por um esforço da vontade, não pode ser controlada. Se o seu coração quiser parar, ele para, e não há nada que se possa fazer. Seu corpo funciona sozinho, o intestino, o aparelho digestivo inteiro, o sangue circula nas veias, tudo dentro dele trabalha sem a interferência dos pensamentos, longe da vigilância da mente. Lembra da imagem do seu próprio corpo visto por dentro, através de uma máquina de ultrassom a que seu pai o levou a pedido de um médico, na infância. Marcos ficou em pé, nu da cintura para cima, vendo suas entranhas funcionando, palpitando de vida, numa tela de TV. Seus pensamentos, que antes tinham a ilusão de ser a autoridade máxima, reagiram àquilo tomando uma distância despeitada: Ah é? Os órgãos fazem tudo isso sem eu saber? Não precisam de mim? Então que se danem, e depois não venham se queixar.

É fácil entender por que a mente se afasta do corpo: é difícil para ela aceitar ser apenas um subproduto de toda aquela engrenagem absurda. Lá está ele, sob o lençol do leito 23, de olhos fechados, vítima solitária, condenado a viver a noção de tempo, à toa, a mente enlouquecida dentro de um corpo autônomo, que vive por ele mesmo, sem explicação, e agora ainda por cima fraturado, prestes a perder um pedaço, fotografando sem máquina para sobreviver, olhando fixo para maçanetas e tomadas, à espera de que um sujeito abra sua perna, coloque placas e parafusos, ou a corte e jogue fora, porque uma noite encheu a cara e fumou dois baseados e correu pra casa em cima de uma moto pra ver um jogo do Brasil, que, para piorar sua estupidez, era só um amistoso!

Não é de espantar que as pessoas precisem ocupar a mente com alguma coisa enquanto o corpo trabalha à revelia. É uma situação muito esquisita. A mente não é uma rainha porque não manda nada, nem os órgãos do corpo são súditos porque eles trabalham porque querem e quando querem. O pai de um amigo de Marcos teve um derrame cerebral, não fala, não reconhece ninguém, a tomografia do cérebro é uma mancha escura, mas o corpo continua a funcionar, faz cocô e xixi, come, o coração bate e o pulmão respira. A mente é como uma prisioneira que não sabe por que foi condenada nem quando será julgada e precisa vencer o tédio ou vai enlouquecer, então se ocupa com o trabalho ou se entorpece com drogas ou se ilude com religião. Marcos está numa situação difícil nesta manhã de domingo porque não tem nenhuma dessas coisas para evitar enlouquecer, a não ser, no momento, a necessidade de manter a aparência de que está tudo bem para não deixar sua irmã preocupada demais.

Ao meio-dia as visitas começam a sair do elevador em pequenos grupos. A maioria já sabe o caminho, vem ali há semanas, meses. Cada interno tem direito a uma visita de meia hora. Elas são obrigadas a lavar bem as mãos com desinfetantes antes de subir e advertidas de que não devem tocar em nada nem em ninguém, e em hipótese alguma trazer objetos de fora. Entram em bandos no corredor e se distribuem entre os quartos. Vestem roupas sóbrias, de ir a culto religioso, e têm a mesma expressão séria, reverente, consternada e abatida das visitas a presídios. E ali é mesmo uma prisão. E um templo. O templo da dor.

Os pacientes ficam quietinhos nos leitos, esperando. No quarto de Marcos, a primeira a entrar é a mãe de Gilberto. É uma mulata alta e bonita. Depois entra uma figura saída de um filme norte-americano da década de 1960, um velho Hells Angels, com barba e rabo de cavalo brancos, tatuagens nos braços, jeans e casaco de couro. É o pai do motociclista. Ele sorri quando vê o filho todo engessado. Há uma ponta de orgulho em seu olhar. Logo atrás chega a mãe baixinha do corretor de imóveis e o constrange, tratando-o como um menino levado que só faz bobagem e só lhe traz preocupação, e é capaz de destruir em um minuto toda a imagem de machão que o filho vem construindo há dias.

O ritual de cada visita é igual. Os cumprimentos são em voz alta, dando os primeiros passos dentro do quarto, mas assim que param ao lado dos leitos passam a se comunicar por sussurros inaudíveis para os demais, numa mistura de confessionário com ritual de extrema-unção.

Marcos espera a irmã. Está preparado para encenar a farsa do sujeito-conformado-e-emocionalmente-equilibrado-que--espera-o-melhor-do-futuro. Quer deixar a irmã com uma boa impressão. De que adianta confessar que se sente um trapo humano sem energia nem para o suicídio e deixá-la mal a semana toda? Não custa fingir estar animado, pelo menos por meia hora. Ele vai conseguir. A porta abre e ele se prepara para o espetáculo... mas então todo o personagem desaba e ele se sente profundamente nu e confuso e impedido de representar... porque quem vem visitá-lo não é a irmã, como haviam combinado... quem entra e para junto ao leito 23 é... Renata!

– Oi.
– Oi.

– Você envelheceu dez anos.
– Valeu.

— Não. Não é a aparência... Bom, falando sério, você tá mesmo abatido, emagreceu, o cabelo parece um ninho de rato...

— Tá ajudando muito.

— Mas envelheceu por dentro, no bom sentido... É o olhar.

— Tenho visto muita coisa feia. E sentido também.

— Você deve estar sofrendo muito, mas o olhar... Tem uma profundidade bonita.

— Profundo é. Tô olhando do fundo do poço.

— Eu pedi a sua irmã pra vir no lugar dela. Pedi muito. Chorei.

— Eu não queria te arrastar pra...

— O problema não é a perna quebrada. É que você foi pra outro lugar e não me deixou entrar. Eu fiquei batendo na porta. E aí você se tranca aqui, longe de todo mundo.

— Não fui eu que fiz as regras do hospital.

— Você sabe do que eu tô falando. Você não tá deixando espaço no seu coração pra mais ninguém. Eu já te conheci um pouco assim... não sei como você era antes da morte dos teus pais, já te conheci meio trancado... mas depois da fratura você só quis ficar sozinho. Agora você ficou até inacessível. Tá gostando disso?

— O que você queria?

— Ajudar, cara. Só ajudar. Você me afastou.

— Olha, eu posso sair dessa sem uma perna, tá? Eu não quero... eu não posso deixar você fazer parte dessa novela mexicana! Você não precisa passar por isso. É muito nova, tem uma vida inteira pela frente, não vou obrigar você a enfrentar uma crise de consciência dessas... ter de se separar de um deficiente físico... é melhor se separar antes... não chore...

— Isso aí que você falou não tem nada a ver com a perna.

— É claro que tem!

— Isso vem do fundo da tua alma. Se não fosse a fratura, seria outra coisa. Você quer se separar das pessoas antes que elas queiram se separar de você. É mais seguro, não é? Dói menos. Por que não me deixa decidir o que é melhor pra mim?

— Não é justo.

— Pra quem?

— O que a gente ia fazer? Como? Eu nem posso transar! Sem uma perna eu...

— Transar? Eu não tô pensando em transar. Tem mais coisa acontecendo entre a gente, sabia? Transar é só o orégano da pizza. O que alimenta é todo o resto. No momento, o que me apavora é sentir que a gente tá dobrando uma curva e depois pode ir cada um pra um lado e...

— Não me fala em curva.

— Eu não quero seguir um caminho diferente do seu. Eu não quero me separar de você agora.

— Você tem é pena de mim.

— Você é uma besta.

— Desculpe.

— Tá fazendo um esforço grande pra não mostrar suas fragilidades, não tá? O machão tá conseguindo segurar o choro, certo? O velho caubói resolvendo seus problemas com uísque sem gelo no balcão, né? O grande urso com a pata ferida se escondendo no fundo da caverna. Eu gosto muito de você, cara. Gostar é dividir também o sofrimento, sabia? Pra ele pesar menos. Tem certeza de que não precisa de um pouco de luz aí no fundo do poço? Vai seguir sozinho e no escuro? Quer provar o que pra quem?

— Desculpe.

— Quando eu saí do elevador, vi um telefone. Você não me ligou nem uma vez. Não vai ser assim o fim da nossa história

Não vai, não! Eu sinto isso. Não vou deixar de gostar de você aos poucos. Tô é sentindo muito a tua falta. E uma tristeza muito grande por sentir você querendo se afastar. Para com isso. Quero ficar com você agora, como se fosse o homem da minha vida, mesmo que não seja, entende?

– Mais ou menos.

– Não posso me apaixonar provisoriamente. Isso é idiota. Só posso me apaixonar perdidamente. Depois, se precisar, me separo e despedaço meu coração. Cara, a gente só tem mais 15 minutos! E eu nem posso encostar em você! Tua irmã me pediu pra fazer um monte de perguntas... A data da operação tá confirmada? É na próxima sexta? Você tá bem de saúde? Fez mais algum exame? Quer que ela fale com o Calçado? Tá precisando de...

– Renatinha...

– Cara, eu quero te dar um beijo na boca! Você tá lindo com esse olhar maduro!

– Tá tudo errado aqui.

– Como assim?

– Isso aqui é uma arapuca.

E então Marcos resume para ela todas as falcatruas, os esquemas, os desvios de verba e de próteses, os leitos lotados pelas clínicas particulares, o roubo de aparelhos. Renata escuta calada.

– Ou seja, não sei se vou ser operado na sexta. Não sei quando vai ser. Pode ser daqui a duas, três semanas. Vai depender de um monte de esquemas escusos. Tem gente aqui esperando meses pra ser operado.

– Então cai fora.

– O quê?

– Vai embora. Você pode. Tem plano de saúde. Pode operar em outro lugar. Aqui pode ser bom, mas a gente procura, encontra outro lugar, o teu caso não é tão grave assim que só possa operar aqui. Você disse que quer denunciar. Faz isso. Mas depois. Do lado de fora. Já com a perna em forma.

— Não posso.

— Pode. Sai daqui, Marcos.

— Não é assim...

— Você quer se punir. Já conversamos sobre isso. Você se culpa porque tinha bebido e fumado maconha. Quebrou a perna por causa disso. Tá. Foi isso, sim. Tem mesmo motivo pra se sentir culpado. Dirigir chapado foi uma estupidez. Ficar chapado é uma estupidez. Mas até onde vai se punir? O castigo não vem só de fora, cara. Vem de dentro também. Cuidado. Não comece a aceitar a amputação. A gente é o que a gente pensa. Não fique aí já se imaginando sem perna! Não tome esse rumo. Você tá arrastando essa fratura sem conserto por mais de três meses. É uma cruz de gesso. Olha onde veio parar. E quer ficar aqui esperando? Quer ficar tomando conta do leito 23 pro Calçado? Quer que coloquem uma placa na tua perna enquanto outra é desviada pra clínica daquele canalha? Quer ficar isolado aqui nesse campo de concentração, sem o afeto de quem te ama, sua besta? Vamos embora, cara. Pega tuas coisas e vem comigo.

— Tá maluca? Não posso sair sem autorização. Só com alta médica.

— Deixa de ser babaca, cara. Você não foi condenado pela justiça, só por você mesmo. Se dê alta! Não matou ninguém. Foi só uma grande besteira. Você é humano. É só não fazer de novo. Para de beber e de fumar maconha feito um idiota pra se mostrar pra galera, principalmente se for dirigir uma moto num dia de chuva. Para de se drogar à toa só porque não tem nada melhor pra fazer. Aprende com o que te aconteceu. Vira o fotógrafo que você sonha ser, realiza teus desejos, não deixa a droga estragar a tua vida, não deixa nada minar a tua vontade, não perde o controle da tua vida pra nada nem pra ninguém. Chega de se castigar! Vamos embora. Vem comigo. Pega tuas coisas. Sai desse inferno, cara. Caramba, nem posso segurar a tua mão.

— Não tenho nada pra pegar. Minhas coisas tão num saco plástico lá na recepção. Não deixam ninguém sair daqui. Vão me segurar. Não posso sair por aí nesse uniforme, entrar no elevador, atravessar a recepção... O que você tá fazendo?

— Tirando o casaco. Tá calor. Vou deixar ele aqui na mesinha de cabeceira e procurar uma enfermeira pra fazer umas perguntas. Você vai levantar, vai esconder esse casaco embaixo da roupa, vai ao banheiro, veste o casaco, esconde a camiseta, essa bermuda é até bonitinha, sai, sem muleta, você já deve poder pisar sem ela, deixa a muleta no banheiro, fica perto da saída, me espera, quando terminar a hora da visita a gente se encontra, se mistura com as pessoas, entra no elevador...

— Tá maluca, é?

— Me deixa te ajudar. Vamos lutar por essa perna, cara! Fui.

12h30. Marcos sai do banheiro sem a muleta, o casaco de lã comprido cinza cobre quase metade da bermuda. Ele descobre que vai ser mais fácil do que imagina. Todos os enfermeiros estão nos quartos. É no momento das despedidas que as visitas precisam ser impedidas de tocar nos internos e de passar objetos escondidos a eles. Os dois médicos de plantão estão cercados por parentes das vítimas, dando explicações. Não há nenhum funcionário no saguão do elevador. Renata aparece, gruda nele, juntam-se ao grupo que espera e pronto, estão descendo.

É domingo, não há ninguém na recepção, duas funcionárias estão dando informações às visitas, o vigia sonolento não vigia nada. Marcos e Renata atravessam o pátio o mais rápido que podem. Ele vê os gatos gordos, livres e felizes sobre os capôs dos carros. Encosta a palma da mão no tronco da mangueira e se despede dela. Passam pelo portão. Chegam na calçada. Ele está vendo a realidade como uma criança. Está ganhando um mundo novo. Mergulhando de cabeça na essência. Chamam um táxi. Marcos olha para trás. Vê Popeye, Gilberto, Romário e o corretor de imóveis na varanda. Estão acenando e rindo. O corretor está usando sua muleta e levantando o polegar. Marcos acena para eles, abre o casaco, puxa a camiseta com as duas mãos, na altura do peito, como se tivesse feito um gol, dá um beijo na boca de Renata e entra no táxi.

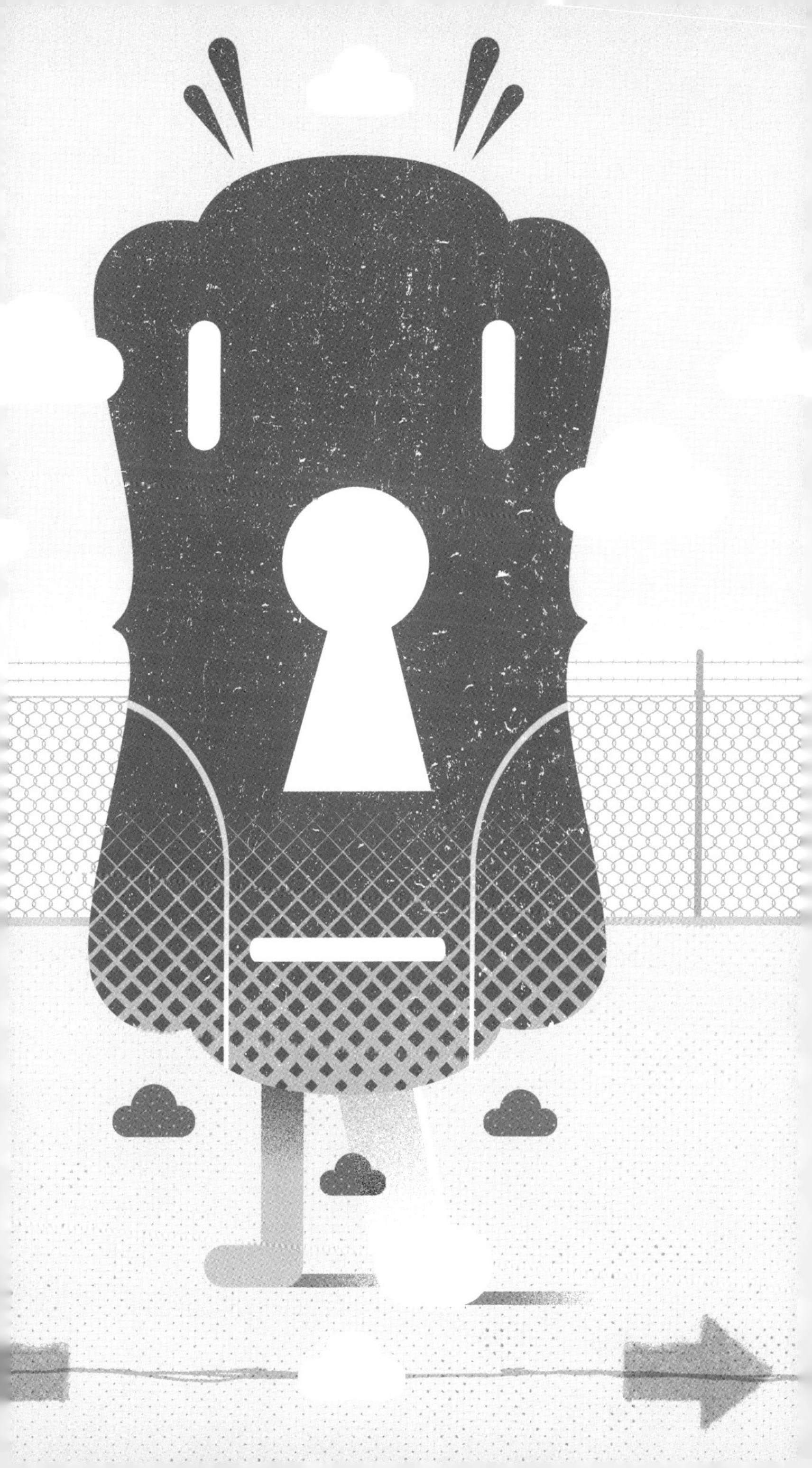

11

TÁTICAS DE GUERRA VEGETARIANAS

A PALAVRA DE UMA TRIBO indígena da América do Norte define bem a situação de Marcos naqueles meses: *hanblecheyapi*.

Hanblecheyapi, a Busca da Visão: o rito de passagem que ocorre após um longo período de grande angústia, não essas pequenas tristezas e ansiedades do dia a dia, mas uma sólida e profunda angústia, cuja única e inevitável saída é se entregar a ela, sabendo que um dia vai passar, tem de passar, porque lá no fundo o sujeito pressente que só depois merecerá receber uma nova visão da vida, que afinal lhe servirá de motivação para sempre.

É claro que ele quis desistir. Chegou a avaliar se a altura do terceiro andar até o pátio era suficiente, ou só serviria para quebrar mais algum maldito osso. Pareceu impossível suportar a ideia de que os dias iam continuar nascendo, e anoitecendo, e nascendo novamente. Uma miserável de uma angústia longa e profunda, que provavelmente havia começado bem antes, com a morte dos pais, mas que Marcos acabou compreendendo que não o aniquilaria, que com certeza teria um fim, era só ele ir levando a vida, tentando aprender a lição, sem procurar alívio fácil, sem procurar se entorpecer, acreditando que no futuro iria gostar de estar vivo e de fotografar o mundo. *Hanblecheyapi!*

Essa compreensão começou naquele domingo, quando voltou para casa com Renata, vestido de azul-desbotado, olhando o mundo nascer de novo pela janela do táxi.

Foi recebido pela irmã e pelo cunhado com uma alegria que ele não esperava, afinal havia fugido do hospital, e contou o que se passava lá dentro.

– Você fez muito bem – disse a irmã. – Você fez a coisa certa, Renata. Amanhã vou lá pegar as tuas coisas, Marcos. Quando você ficar bom, vamos denunciar tudo aos jornais.

Depois ele tomou um banho caprichado – de porta fechada! –, vestiu roupa limpa e foi se sentindo um outro homem. Almoçou com apetite. A irmã e o cunhado foram levar o filho a uma festa de aniversário e Marcos passou o restante do domingo no sofá, com Renata ao seu lado, fazendo cafuné e pipoca e colocando ordem no futuro. Ela ligou para o pai de uma amiga, um neurologista famoso, explicou o caso de Marcos, pediu a indicação de um cirurgião. Ele disse para ela pegar o guia do plano de saúde, abrir na página de ortopedia e traumatologia e ir lendo devagar o nome dos médicos. Quando chegou no dr. Augusto Pinto, o pai da amiga disse:

– Pronto! É esse aí. Pode confiar.

Depois, com palavras doces e beijos quentes, Renata convenceu Marcos de que havia muitos caminhos pela frente, muitos desafios, cada manhã era o começo de um novo desafio, que ele não podia ter ideia de quantas coisas maravilhosas e terríveis ainda esperavam por ele, que ele ainda ia sofrer e ser feliz muitas e muitas vezes na vida e que a única maneira de se viver o próprio destino até o fim era não se entregar, nunca.

E acreditar que no fundo do poço tem uma mola.

Então ela foi embora, e lá estava Marcos, de volta a seu quarto. Aquilo era uma cama e não um leito. O uniforme azul-desbotado pendurado na cadeira impedia que a última semana parecesse um sonho mau. Colocou sua câmera digital no colo. Folheou um livro de fotos do Sebastião Salgado.

Mais de três meses haviam passado e ele continuava com o osso partido dentro da perna, agora precisando começar tudo de novo. Um belo castigo para o vacilo daquela noite chuvosa, mas ele já merecia seu próprio perdão. A lição já tinha sido aprendida e a opção feita: ele ia ocupar a mente com a arte, com a fotografia, com os grandes projetos, as grandes denúncias, fazer livros de fotos, se espelhar no Sebastião Salgado, dedicar a vida a retratar os detalhes do Universo que só ele via, a essência, os instantes de eternidade, deixar obras pelo caminho e manter o controle sobre a sua vontade, não deixar que nada assumisse o comando, manter seu poder de decisão, não desperdiçar sua energia se entorpecendo sem sentido. Nunca mais queria sentir aquela culpa.

A irmã e o cunhado voltaram da festa, colocaram o filho para dormir e foram ao quarto de Marcos dar boa-noite, perguntar se ele precisava de alguma coisa. Ele contou sobre o dr. Augusto Pinto e que Renata marcaria a consulta no dia seguinte. Enquanto falava, via os olhares cheios de afeto dos dois.

– Vai dar tudo certo, querido – disse a irmã. – Agora as coisas vão se ajeitar.

– A vida é como um caminhão carregado de abóboras – filosofou o cunhado.

Ninguém entendeu. Ele explicou:
– Não adianta querer arrumar, elas só se ajeitam no caminho.
Marcos riu.
– Puxa, maninho, você não ria desde o acidente.
– Não tive muitos motivos.
– Você se culpou demais.
– Como assim?
– Você sabe...
– Sei? O quê?
– Ah, querido... dirigir na chuva, sem carteira...
– E mamado – completou o cunhado.
– Vocês sabiam. O tempo todo. É... naquela noite eu tinha bebido quatro latas de cerveja, tomado duas doses de vodca e fumado dois baseados. – Terminar aquela frase foi como tirar um saco de cimento das costas.

Houve um pouco de silêncio antes de o cunhado rir:
– Só a parte da maconha é novidade. Você tava chumbado. Mais na lama que jacaré. Você fedia como se tivesse saído de uma banheira de álcool. Meu carro ficou com cheiro de cerveja por uma semana.
– Vocês não disseram nada...
– Você já estava se culpando bastante – falou a irmã, também sorrindo.
– Seria chutar cachorro morto... – disse o cunhado. – Olha, Marcos, levei cinco anos pra conseguir parar de fumar. Tenho uma teoria sobre drogas. Desde que a vida no planeta começou, existe uma guerra entre os reinos vegetal e animal. As plantas foram as primeiras a aparecer. O planeta era delas. Viviam em paz, felizes. Então surgiram os animais, fazendo tudo ao contrário. Consumiam oxigênio e expeliam carbono, desfazendo todo o trabalho delas. E ainda por cima começaram a

comê-las! As plantas não puderam dar o troco, os seres clorofilados só comem luz e minerais da terra. Então, pra reagir, desenvolveram substâncias que viciam, que iludem, pra entorpecer, pra deixar os animais *besteirões* e fazendo bobagem, pra matar a gente aos poucos. Todas as drogas vêm do reino vegetal, não vêm?

– Falando sério... – a irmã cortou, rindo.

– Eu *estou* falando sério.

– Marcos... nunca conversamos sobre essas coisas antes... Drogas... Nós dois ficamos muito unidos depois da morte do papai e da mamãe... Cada um tentou superar a dor como pôde, e estamos conseguindo, né? Um é a âncora do outro. Eu te adoro. Saber que você começou a fumar maconha... eu já sabia... me deixou um pouco preocupada, não pelo fato em si, eu respeito tua inteligência, sei que você tem mais o que fazer na vida do que ficar se drogando feito bobo... mas é que você podia ter escolhido esse caminho pra canalizar a dor da perda, sei lá... Bom, eu vou continuar te respeitando, acho bobagem tratar de droga com um tom alarmista... Você sabe bem a diferença entre uso eventual e hábito, não sabe?

– "Habitual" é fazer todo dia – disse o cunhado. – "Eventual" é de vez em quando. Mas isso serve pra tudo, certo? Tudo o que você faz todos os dias, fora as necessidades fisiológicas, se transforma em "droga". Celular, internet, esporte, tudo pode virar droga. Novela de TV, por exemplo, é uma das drogas mais devastadoras do cérebro. Futebol também não deixa ninguém mais inteligente. Tudo isso é "entorpecente".

– Você tem muita coisa pra realizar na vida, Marcos. Nós estamos do teu lado, sempre. Assim como eu sei que você está do meu, meu amor... – Aí a irmã começou a chorar. – Pronto, me perdi... Me preparei um tempão pra levar um papo sério sobre drogas, fazer um discurso coerente e me enrolei... É muita emoção, muito afeto... A tua saúde, o teu bem-estar, a tua felicidade são tão importantes pra mim... Por favor, tome cuidado. Saiba sempre o que está fazendo. Por você... por mim... por todos que te adoram e...

– Eu sei... eu sei... – Marcos quase chorou também.

– Vou te ensinar uma estratégia contra os vegetais – continuou o cunhado. – Uma das táticas de guerrilha das plantas é nos convencerem de que quem usa drogas é mais legal do que quem não usa, é mais legal ser doidão do que ser careta. A gente começa a admirar os doidões, não é? Eles ficam parecendo os heróis, são os descolados, os mais espertos. Então, quando você estiver pensando assim, imagina que está dentro de um avião.

– Pra quê?

– Vai querer um piloto bêbado, viajando de ácido? Ou prefere um bem careta? A vida é um avião, Marcos, e a maior parte do tempo ele está voando. Nós somos o piloto. Ficar lúcido e bem alerta é mais seguro.

Marcos segurou as lágrimas de novo.

– Pilotei a moto doidão...

– É. A gente sabe quando pisa na bola. – O cunhado balançou a cabeça. – Tem uma maneira certa de agir e outra errada. Você agiu errado, Marcos. Só isso. Procure não fazer essa bobagem de novo e pronto.

– Pode deixar. Mas não tenho tanta certeza de que sei o que é o certo e o que é errado. Tô meio perdido.

– Vou te contar uma história que meu pai repetia sempre. O sujeito estava escalando uma montanha, o cadarço do tênis desamarrou e ele parou pra amarrar. Aí uma pedra enorme caiu bem adiante. Se ele não tivesse parado, teria morrido.

Dois anos depois ele voltou a escalar a mesma montanha, e o cadarço desamarrou de novo. Ele parou para amarrar. Aí uma pedra rolou e acertou ele em cheio e o matou. Se ele não tivesse parado, não teria morrido. Sabe qual é a moral da história?

– Não.

– A vida é absurda, não tem o menor sentido, a gente nunca imagina o que vai acontecer, nunca se sabe o efeito que uma atitude nossa vai causar, não se pode prever o futuro, não se sabe se o que se está fazendo vai ser pro bem ou pro mal, e provavelmente não tem nenhum Deus nos protegendo. Então, a única coisa que com certeza você pode fazer, pra nunca se sentir culpado pelo que te acontecer, é amarrar direito a porcaria do cadarço do tênis.

12
PANQUECA DE CARNE NO POLO NORTE

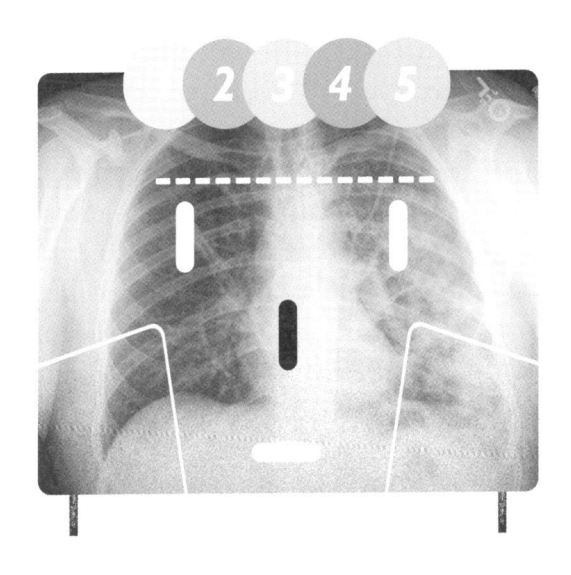

RENATA DISSE QUE ERA UMA EMERGÊNCIA e conseguiu uma consulta para terça, no final da tarde. Ela foi com Marcos. O dr. Augusto Pinto era um senhor de 60 anos com cara de cientista maluco de filme para criança. Marcos contou a ele toda a sua odisseia, desde o acidente até a fuga do hospital, passando pelos três meses de gesso, pulando só a parte das cervejas, das vodcas e dos baseados. Dr. Augusto Pinto tirou novas radiografias, colocou as chapas contra luz e balançou bastante a cabeça, e dessa vez não era tique nervoso, a situação estava complicada mesmo.

– Você tem de operar isso rápido.

– Eu sei.

– Eu disse rápido mesmo.

– Tá.

– Nesse final de semana. Sábado eu posso.

– Tudo bem.

– Vou dar as requisições para os exames. Sangue. Tempo de coagulação. Raios X do pulmão. Eletrocardiograma. Capacidade respiratória. Peça urgência. O hospital em que eu opero fica em Santa Teresa. Tem convênio com o seu plano de saúde. Minha secretária vai reservar hora no centro cirúrgico e quarto individual, vai providenciar tudo, pegue as requisições de exames com ela também. Chegue no hospital ao meio-dia. Um enfermeiro vai tirar esse gesso e preparar a perna. Você não vai pagar nada. É tudo com o plano de saúde, inclusive a minha parte. Ah, só a placa. Pelo que estou vendo aqui, será de uns 20 centímetros. E uma dúzia de parafusos. Para a tíbia.

– Deve ser cara. É de platina?

– Se fosse de platina, quando te anestesiassem eu fugia com ela e parava de trabalhar. É uma liga de aço. Inoxidável. Importada. Uns 300 dólares. Você compra direto com o fornecedor. A secretária vai passar teu telefone pra ele.

– E a fíbula? Ninguém fala dela.

– O importante é fixar a tíbia. A fíbula é tão fina que não há nem como aparafusar uma placa nela. Depois que a fratura estiver corrigida, as pontas quebradas da fíbula vão ficar quase se encostando, aqui, está vendo? Então com tempo o calo ósseo se formará. Provavelmente você perderá um pouco dos movimentos do tornozelo, mas resolve isso depois na fisioterapia. Ah, não esqueça: na véspera da operação, na sexta, não jante, tome só uma sopa leve. E fique em jejum depois.

– O que o senhor acha? É muito grave?

– Vamos ver o que está acontecendo aí dentro, Marcos. Não é muito normal um osso ficar quebrado tanto tempo, sem formação de calo ósseo. Você sabe, já te explicaram isso.

– Então?

– É uma osteoporose traumática. A tíbia virou farinha nas pontas. Pode ser por isso que o osso não torna a se unir. Tem cacos de osso soltos aqui e aqui. Talvez precise de um implante.

— Eles falaram de implante lá no hospital.

— Eles têm um banco de ossos lá, muito bom, mas eu não uso esse procedimento. Uso ossos do próprio paciente, aí não há risco de rejeição. Tiro uma lasca do osso poroso do seu quadril e coloco perto da fratura da tíbia. O osso poroso vai ajudar a formar o calo ósseo.

— Tá. Mas então por que dizem que há o risco de eu perder a perna?

— Porque pode haver um problema circulatório. Sem uma boa vascularização, não se forma calo ósseo. Por isso indicaram a você caminhar um quilômetro por dia, para ativar a circulação, mas se ela estiver comprometida, veias secionadas, coágulos, necroses ou outro motivo qualquer, e o sangue não estiver irrigando os vasos, então você corre sério risco de gangrena, trombose, derrames, além de não resolver a fratura. Então a única solução é a amputação. Desculpe a franqueza, mas pelo visto as probabilidades de isso acontecer são mesmo de 50%.

Sem Renata todo o tempo a seu lado, Marcos teria desabado. Foi ela quem prestou atenção nas instruções da secretária, pegou as requisições de exames, tratou das marcações, o levou ao laboratório de análises e ficou de mãos dadas todo o tempo. Tiraram sangue do braço e da orelha de Marcos. É na orelha que medem o tempo de coagulação.

— Uma espécie refinada de sadismo — ela explicou, rindo.

Testaram o coração e a capacidade respiratória também.

Os resultados foram mandados pela internet diretamente para o dr. Augusto Pinto.

Marcos bancou o homenzinho todo o tempo. Não chorou. Precisava sair daquilo. Voltar ao mundo. Se perdesse a batalha, só restaria o terror. Mas se sentia entregue aos outros, ao mundo, e entendeu por que havia fugido da cirurgia. Para quem recusava ajuda, ser anestesiado e operado era se entregar totalmente nas mãos de outra pessoa. Ser ajudado. Confiar. Abrir-se ao outro, pelo outro, literalmente. Deixar alguém mexer nas suas entranhas e costurar de volta.

Então se entregou também ao amor de Renata. Ela comprou outra muleta canadense e assumiu a luta pela perna. A irmã e o cunhado concordaram em passar aquela tarefa a ela. Mas foram levá-los de carro ao hospital no sábado de manhã, e a irmã assinou como responsável pela internação.

Santa Teresa é um bairro próximo ao centro da cidade, fica no alto de uma pequena montanha. O prédio do hospital também era alto, e o quarto particular de Marcos ficava no penúltimo andar. Então da cama ele podia ter uma visão incrível do Rio de Janeiro, prédios e casas cobrindo tudo, ondulando ao sabor de colinas baixas, ruas, viadutos, favelas, florestas, a Baía de Guanabara, o Maracanã e as montanhas azuladas ao fundo.

A cama bem no centro, a janela à direita, uma mesinha à esquerda. Uma poltrona junto à janela. Apareceu um enfermeiro. Pediu que Renata saísse, iam começar os procedimentos. Ela deu um beijo na boca de Marcos e saiu, chorando. Marcos ficou nu e vestiu a roupa da cirurgia, um avental branco aberto atrás, a bunda de fora, para deixar claro que ele não estava no controle da situação ali.

O enfermeiro trazia uma espécie de furadeira, com uma serra circular na ponta. Ligou aquilo na tomada e começou a cortar o gesso. Marcos não queria ver. As duas bandas se abriram. Olhou. Não havia mais músculo. A batata da perna murcha. O ângulo errado da tíbia, feio, coberto pela pele muito branca, a marca da ferida, rosa, esquisita, como um bicho úmido achatado embaixo de uma pedra.

O enfermeiro balançou a cabeça, mordeu os lábios, fez uma expressão de contrariedade terrível, deixando Marcos apavorado.

– Que foi?!
– Não compreendo. Não esperava.
– O quê?!
– Trabalho nisso há muitos anos. Nunca vi uma coisa dessas.

Marcos quis se atirar pela janela. Daquela altura não tinha erro. O enfermeiro continuou:

– Não é justo. O que a gente vai fazer com um aumento desses? Você escutou no rádio? Tanta negociação do sindicato, tanta promessa, pra quê? Fazem logo um acordo. Um aumento de 5%! É sacanagem! Marcos pousou a cabeça no travesseiro. O infeliz estava pensando em outra coisa. Que se dane.

Em seguida o enfermeiro passou um líquido amarelo em toda a perna, esfregou, fazendo espuma sobre os pelos, raspou com a gilete e desinfetou com éter. Fez isso também na parte direita do quadril e explicou:

– Pro caso de ter de tirar um pedaço pra enxerto.
– Tudo bem.

Marcos não queria ouvir mais nada. Estava entregue. Podiam fazer o que quisessem com ele. Seu corpo era só um bolo de carne e ele já nem estava mais ligando. O enfermeiro o passou para uma maca com rodinhas e saíram do quarto. Um quibe indo para o forno. Renata, a irmã e o cunhado estavam do lado de fora, disfarçando a tensão com sorrisos amarelos demais, o clima de apreensão era palpável, caminharam um pouco atrás da maca, como treinando para o enterro, enquanto Marcos seguia pelos corredores, olhando os tetos e as luminárias que passavam rápido, a mente vagando, querendo fugir do corpo, produzindo pensamentos bestas como descobrir que "ma-ca" é o contrário de "ca-ma" porque não fica parada, e ele era só um croquete de carne, entregue de bandeja ao dr. Augusto Pinto, e tudo bem, tudo legal, façam o que quiserem com esse monte de órgãos sem sentido. Recebeu os últimos acenos dos três e partiu para a grande viagem, passou por uma porta de aço escovado e já foi ficando com frio, e mais uma porta, e entrou afinal na sala de cirurgia, o ar-condicionado ligado no máximo, e aquele era um tipo de inferno diferente, gelado. Se ele morresse, já estaria no frigorífico. O enfermeiro o ajudou a deitar numa cama dura e fria, uma enorme bandeja de aço, embaixo de uma luz redonda, desejou boa sorte e foi embora deixando Marcos sozinho.

Marcos ergueu-se um pouco, olhou em volta, apoiado nos cotovelos. Paredes forradas de azulejo branco novamente. Num canto, um armário envidraçado. Lá dentro, martelos, serrotes, alicates, furadeiras, as ferramentas de um mecânico, esterilizadas. O que Marcos sentia já nem era medo. Alguma alteração química estava ajudando seu cérebro a suportar a situação, ele já produzia alguma droga interna. Seu queixo começou a tremer. A bunda nua congelava sobre o metal. Então a anestesista entrou. Uma mulher linda, morena, olhos verdes. Chegou sorrindo e colocou a mão na testa de Marcos.

– Meu nome é Sandra. Tudo bem? Então? Vamos lá, Marcos?
– Tudo bem. O que vai acontecer agora?
– Vou dar uma injeção em você, pra relaxar. Depois aplico a anestesia, certo?
– Geral?
– É.
– E pra relaxar... o que vai ser?
– Uma solução à base de morfina.

De novo. Ela trazia uma caixinha de metal. Sacou de lá uma seringa já pronta. Olhou-a contra a luz, tirou o último ar da ampola e espetou a pequena agulha no braço direito de Marcos.

Nada como a velha morfina para fazer a mente abandonar o corpo rapidinho e entregá-lo à própria sorte. Segundos depois Marcos já achava a situação maravilhosa, admirava-se novamente com a técnica de azulejar paredes e a perspectiva de abrirem sua perna e usarem aquelas ferramentas expostas na cristaleira o empolgava.

– O que você faz, Marcos?

– Estudo ainda. Termino o ensino médio. Acho que vou perder o ano por causa das faltas. Mas já sou fotógrafo.

– Que legal! Adoro fotografia.

– Quero ser o Sebastião Salgado quando crescer. Meu primeiro projeto vai ser fotografar vulcões extintos. Vou fazer um livro. Vai se chamar *Vulcões Tranquilos*. Mas sua profissão também é maravilhosa, Sandra. Tirar a dor dos outros. Você é que é a verdadeira artista.

Ele teve vontade de dizer isso em versos rimados, mas se conteve. Ela riu.

– A morfina é o caminho para o paraíso e para o inferno – continuou ele. – As drogas são o remédio e o veneno. Devia ser obrigatório tomar morfina todos os dias de manhã. Todo mundo ia achar a vida bela, e os problemas mundiais acabariam. Mas iam ter de continuar aplicando cada vez mais, porque o dia que não tivessem morfina seria o último dia da humanidade. Também vou fazer fotojornalismo, sabia? Vou me especializar em denúncias. Fazer ensaios fotográficos sobre desvios de próteses! É preciso ser muito psicopata pra desviar prótese, não é, não? O sujeito que me vendeu a placa e os parafusos tinha cara de traficante internacional. Será que a minha placa é desviada? Comprei e nem vi, ele entregou direto pro dr. Augusto Pinto. Esse médico é muito gente boa, mas o nome dele é bem pretensioso, é quase publicidade. Aqui deve ser bom pra tomar sorvete com calma. Uma vez caiu na prova: "Cite três animais que vivem no Polo Norte", e eu escrevi: "Três ursos-polares".

E por aí afora.

Enquanto isso Sandra ria e preparava a anestesia. Uma seringa de metal enorme, com uma agulha comprida como as de tricô. Marcos achou bonito e instigante.

– Onde vai espetar?

– Entre duas vértebras.

– É por isso que precisam relaxar a gente.

– É, sim.

– Legal – ele disse e virou de lado, oferecendo as costas.

– Não é agora – ela riu. – Temos de esperar o doutor.

– Tudo bem. Pode aplicar logo, se quiser. – Ele estava achando tudo ótimo; estava até curioso para sentir aquela agulha enorme entrando na coluna.

– Você é maluquinho. – Ela balançou a cabeça.

Quando o dr. Augusto Pinto entrou, os encontrou rindo e não entendeu nada. Uma senhora e um rapaz vinham atrás dele. Estavam de branco. Seus assistentes: a esposa e o filho mais velho. Uma operação familiar. Tudo era branco ali. E gelado. Marcos se imaginou no Polo Norte, e sua mente foi para lá. Sentiu um líquido sendo esfregado em suas costas pelas mãos carinhosas da linda anestesista e depois a agulha entrando, interminável, e ficou esperando que ela saísse pelo peito, na boa.

Deitou de barriga para cima. A grande luminária redonda no alto era um sol só dele. Ia sair da operação bronzeado. Subiram um lençol na altura do seu peito, uma barreira para impedir que visse a carnificina lá do outro lado, e Marcos lembrou de seu pai fazendo cabanas de lençol com as cadeiras da sala, teve saudade dele e das panquecas que sua mãe fazia, que também eram brancas e envolviam o queijo como se fossem um lençol, e sentiu-se uma panqueca de carne e escutou o barulho das ferramentas sendo tiradas da cristaleira como se tivesse chegado visita na casa dos Pinto.

Espetaram alguma coisa de ponta afiada na coxa direita de Marcos, três vezes, e na quarta perguntaram e ele respondeu, alegre:

– Que coxa?

– Vamos começar – avisou dr. Augusto Pinto. – Dê um reforço, Sandra.

A anestesista encostou a boca no ouvido de Marcos e disse baixinho que ia dar mais uma injeção, dessa vez para dormir.

– Vá em frente, Sandrinha. Não se reprima.

Ficou sonolento, mas continuou a escutar o diálogo familiar, lá do outro lado da barreira branca do lençol.

– Traz o bisturi elétrico.

– O corte vai ser fundo.

– Vamos ter que abrir de fora a fora. Cortar ao meio.

– Ontem faltou luz. O rosbife estragou.

– Vamos jantar fora.

– Nossa. Olha só como tá isso.

– Querida, coloque a máscara.

– Você veio sem camiseta por baixo. Vai se resfriar.

– Pai, você puxou o freio de mão?

– O prazo para a vistoria é até o fim do mês, amor.

– Essas brocas nacionais quebram à toa.

– Ligue na outra tomada. Essa aí tá com mau contato.

– Estou sem talão de cheque, querida. Amanhã de manhã tenho de passar no banco.

— Quando abrir o plástico, vê se não deixa os parafusos caírem no chão, como da outra vez.

— A assinatura do jornal vence amanhã.

— Já? O mês passa rápido.

— Vamos fazer semestral. A economia é de 25% e ainda ganhamos a revista.

— Já discutimos sobre isso.

— Pai, acho que aí passa uma veia.

Marcos chamou a anestesista:

— Sandra...

— Que é?

— Estou ouvindo tudo. Não vai dar.

— Não pode ser. Você está completamente sedado.

— Estou ouvindo. Por favor... me apague.

— Você não pode estar ouvindo. Está dormindo. Anestesia geral.

— Não estou dormindo. Estamos conversando.

Foi um diálogo bem estranho, quase espírita, provavelmente não tenha sido real. Então Marcos sentiu outra picada no braço, que também pode ter sido alucinação, e viu o grande sol diminuir até virar uma pequena estrela num céu muito preto.

E então a estrela se apagou.

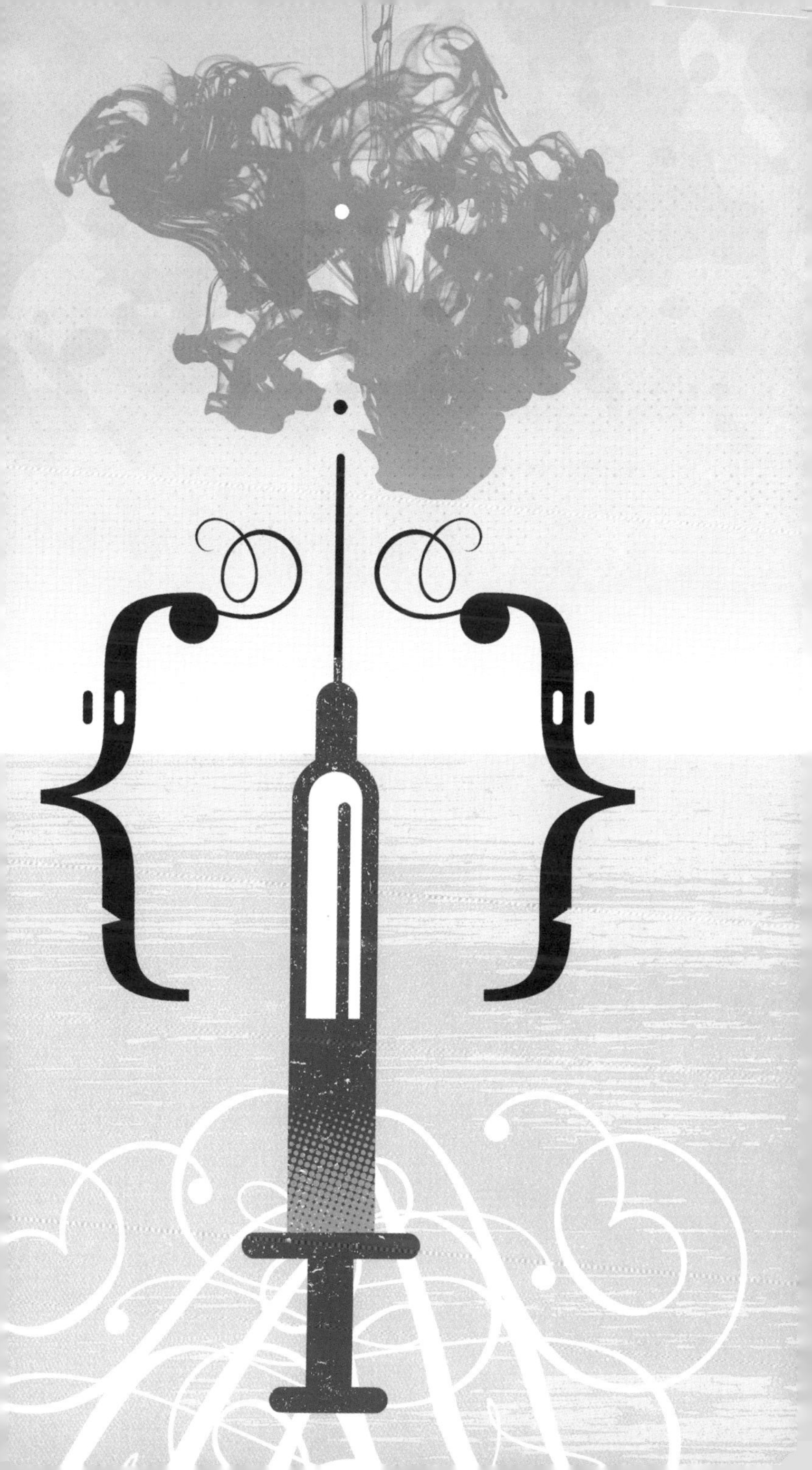

13
IR MAIS ALÉM

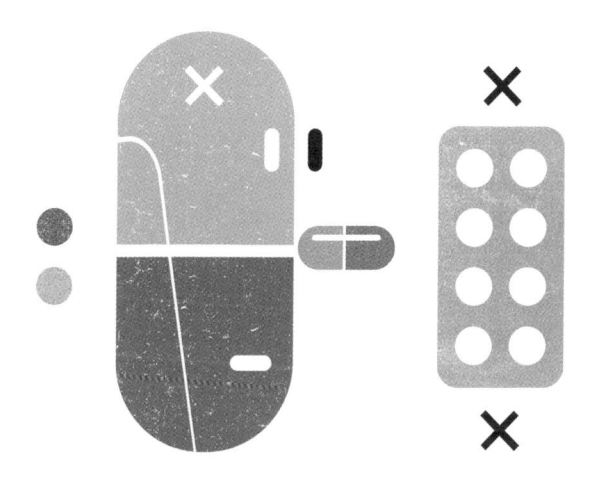

PASSOU DEZ DIAS NAQUELE QUARTO de hospital. Dez dias de dor. Duas injeções de manhã, duas à tarde, duas à noite. Antibióticos, anti-inflamatórios e analgésicos fortes. Comprimidos. Soro. Drenos puxando sangue e gosma para fora.

No terceiro dia já não conseguia mexer os ombros, de tantos furos de agulha. E, sobre as veias dos dois braços, as agulhas do soro iam deixando uma trilha de pontos roxos. A cama cercada de sacos plásticos: da sonda na uretra saía a urina; dos drenos, o sangue e a gosma.

A dor era tanta que a memória não conseguia organizar o tempo para poder colocar um fato depois do outro. E então, dos primeiros dias, ficou a lembrança dos beijos de Renata e da irmã, da sucessão de rostos de enfermeiros e enfermeiras que vinham lhe espetar agulhas e da visita de duas freiras querendo trazer consolo espiritual. Elas ficaram rezando na cabeceira, enquanto o enfermeiro procurava outro lugar para enfiar a agulha do soro que escapava toda hora. Rezavam, vermelhas, sem graça, enquanto Marcos gritava os piores palavrões, até parar de invocar Deus para aceitar os fatos.

— Tudo bem, meu filho. Blasfeme. Em certas situações, Deus permite o desabafo.

— É, sim. Se os palavrões servirem de alívio.

— Obrigado. Jesus deve ter dito uns bem cabeludos lá na cruz. Imagine aqueles *#&! daqueles pregos que aqueles filhos da &*#! dos guardas romanos espetavam bem na frente dos &*#* dos judeus que não faziam nada — continuou ele. E elas não voltaram mais.

Pela manhã, uma faxineira muito magra desinfetava o quarto. Era baiana e contou sobre o problema do filho:

— Ô amor dos outros, meu moleque também vai ser operado, não sabe? Mês que vem. Amígdalas.

— Também operei quando era pequeno.

— Precisou é, meu rei?

— Não, mas as da minha irmã viviam inflamando e o médico fez um abatimento nas duas cirurgias juntas.

— Ó pai, ó. Vou contar isso pro meu marido. A gente tem outro moleque mais novo. Amígdala não serve pra nada.

Marcos ia dizer que não era nada disso, mas a dor o puxou para o outro lado de novo. Achou que em matéria de dor não podia ir mais além, mas foi. Agora podia desenhar de cabeça um grande mapa, em alto-relevo, com toda a geografia do inferno.

Falta contar a única vez em que Marcos chorou.

Quando saiu da anestesia, a mente voltando ao corpo, era madrugada de domingo. Ele estava sozinho no quarto e ainda não sentia nada nem podia fazer nenhum movimento da cintura para baixo.

A escuridão era total.

Ele não podia ver. Ia ter de sentir.

Precisou de toda a coragem do mundo. Lentamente desceu a mão direita, os dedos chegaram até o meio da coxa. Tinha de prosseguir. Ultrapassar aquele limite, ir além. Talvez fosse o momento mais importante de sua vida, e estava completamente só e no escuro. Apalpou bem a coxa, não sentia nada. Respirou fundo, fez força com os cotovelos, ergueu o tronco, sustentou a posição com o braço esquerdo e tornou a esticar o direito, as pontas dos dedos avançando de onde tinham parado, do meio da coxa direita, indo adiante finalmente, centímetro por centímetro. O medo era tanto que se transformou numa bola e parou no meio da garganta. A mão travou. Tinha de prosseguir. Saber o futuro. Só mais um pouco. 50%. Esticou bem os dedos. Chegou ao joelho. Só mais um pouco. Passou pelo joelho. Mais um pouco. E então sentiu. O curativo, o dreno, a canela!

Encostou a cabeça novamente no travesseiro e chorou.

Olhou pela janela. O Sol nascia atrás das montanhas, brincando de contornar o horizonte com uma linha laranja. Daria uma bela foto. Quando a luz penetrou no quarto, ele pôde ver o espetáculo mais lindo da Terra: cobertos pelo lençol branco, como picos nevados, seus dois pés. Juntos.

E Marcos prometeu:

– Vulcões tranquilos, me aguardem.

ACERVO DO AUTOR

IVAN JAF nasceu no Rio de Janeiro (RJ), em 1957. Estudou Filosofia e Jornalismo, viajou pela Europa e América Latina de mochila nas costas, até começar a carreira de escritor, na década de 1980, escrevendo histórias de terror e ficção científica. É autor de mais de 60 livros de ficção, dramaturgo, roteirista de história em quadrinhos e cinema. Recebeu diversos prêmios, como os de Melhor Curta-Metragem Brasileiro (7º Festival de Cinema Brasileiro de Paris), Melhor Curta-Metragem (Festival Cinema Brasil in Tokyo 2007), União Brasileira dos Escritores em 2003, Sundance em 1998, indicações ao troféu HQMIX e vários prêmios da FNLIJ, PNBE etc. Não participa de redes sociais nem tem celular. Raramente é visto em público.

Obra conforme o Acordo Ortográfico da Língua Portuguesa

© 2015 Ivan Jaf
© 2015 Editora Melhoramentos Ltda.
Todos os direitos reservados.

CONSULTORIA dra. Lídia Rosenberg Aratangy
(psicóloga e terapeuta de casais e de família)
ILUSTRAÇÕES Walter Vasconcelos
PROJETO GRÁFICO E DIAGRAMAÇÃO Andreia Freire de Almeida

Dados Internacionais de Catalogação na Publicação (CIP)
(Câmara Brasileira do Livro, SP, Brasil)

Jaf, Ivan
  Vulcões tranquilos, me aguardem / Ivan Jaf; [ilustrações Walter Vasconcelos]. – 2ed. – São Paulo: Editora Melhoramentos, 2019.

  ISBN 978-85-06-00375-6

  1. Literatura juvenil I. Vasconcelos, Walter. II. Título.

19-29511   CDD 028.5

Índices para catálogo sistemático
1. Literatura juvenil 028.5

Cibele Maria Dias – Bibliotecária – CRB-8/9427

2.ª edição, novembro de 2019
ISBN 978-85-06-00375-6

ATENDIMENTO AO CONSUMIDOR
Caixa Postal 729 – CEP 01031-970
São Paulo – SP – Brasil
Tel.: (11) 3874-0880
www.editoramelhoramentos.com.br
sac@melhoramentos.com.br

Impresso no Brasil